AINSI BERLIN

Né en 1965 dans une famille de cheminots, Laurent Petitmangin écrit depuis une dizaine d'années. *Ce qu'il faut de nuit*, son premier roman, a rencontré un fort succès et lui a valu l'attribution d'une vingtaine de prix littéraires, dont le prix Femina des lycéens, le prix Libr'à nous, le Grand Prix du premier roman, le prix Stanislas, le prix Feuille d'or des médias, le Prix du barreau de Marseille, le Prix des lecteurs des bibliothèques de la ville de Paris, le prix Georges-Brassens et le Prix des lecteurs du Livre de Poche.

Paru au Livre de Poche :

Ce qu'il faut de nuit

LAURENT PETITMANGIN

Ainsi Berlin

ROMAN

LA MANUFACTURE DE LIVRES

ISBN : 978-2-253-93871-2 – 1re publication LGF

Le programme Spitzweiler a été mis au jour en 1991 lors de l'accès aux archives déclassifiées de la RDA (second lot). Il avait pour objet d'assurer à l'Allemagne de l'Est un vivier de scientifiques à même de rivaliser avec ceux du grand frère soviétique. Quel qu'en soit le prix.
Certains noms ont été changés.

Prologue

Il me tomba littéralement des bras. Un jeune gars, sûrement plus jeune que moi de quelques années, c'était difficile à dire, la guerre compliquait tout, la lecture des visages aussi, et le sang qui versait de son cou en jets saccadés achevait de le rendre sans âge. Son corps, je le ceinturai plusieurs minutes, pour l'empêcher de s'effondrer, une drôle d'impression, une drôle d'idée là où on était rendus. Un corps qui me semblait proche, la chaleur d'un frère, il n'était pas si lourd, mais ce fut ma tête, prise d'un soudain dégoût, qui commanda de le lâcher.

Je m'accroupis quand même à côté de lui, je lui dis « attends », et juste ce mot que je répétai plusieurs fois, comme s'il suffisait à tout enrayer. Je l'embrassai, maladroitement, sur le front, vaine excuse, je mâchurai le sang sur sa chemise. Je restai encore, je toussai et déglutis, moi qui pouvais encore le faire, je crachai poudre et poussière, tout ce que nous venions de vivre, ces quelques minutes essentielles et celles qui avaient précipité l'instant, l'acmé d'une journée comme tant d'autres déjà, et je me sauvai, car cela ne servait plus à rien de rester.

Je rencontrai Käthe Spitzweiler pendant la guerre, d'abord dans la Rote Kapelle, puis nous nous retrouvâmes dans le groupe Neubauer. Nous étions tous deux rédacteurs, elle avait une écriture de chien, mais de belles idées. Je m'occupais de la distribution des tracts dans les milieux chics de Berlin, c'était dangereux, beaucoup n'hésitaient pas à appeler la police quand ils nous voyaient, mais de temps à autre une femme se manifestait, voulait nous aider, et nous donnait un petit tableau ou de l'argenterie, qu'on aurait toutes les peines du monde à refourguer à bon prix. Elle nous demandait de bien retenir son nom, et celui de ses enfants. Parfois elle nous les présentait :

— Voyez, monsieur, il faudra vous souvenir de lui. Et de sa sœur. Ils n'ont rien fait. Voilà, monsieur, c'est de bon cœur, allez-y maintenant, ceux du troisième vont revenir, et ne vous aiment pas.

Käthe Spitzweiler sortait rarement. Elle venait chaque jour, en prenant soin de changer ses horaires. Parfois pour une petite heure. Il était impossible de savoir ce qu'elle faisait par ailleurs. Jamais elle n'acceptait de se promener. Trop dangereux. « C'est mieux comme cela. » J'ai beau chercher, je n'ai guère d'autres souvenirs de cette époque, je ne pourrais dire si les étés furent chauds ou froids, je me rappelle quelques journées étouffantes, et ses longues jambes. Des jambes très pâles, magnifiques.

Nous nous perdîmes de vue quand les têtes du réseau furent arrêtées. Il devenait trop risqué de revenir au local. Je repassai à quelques reprises dans le quartier, je crus la voir une fois, mais elle n'était pas seule. Peut-être avait-elle été prise, retournée, elle pouvait servir d'appât, alors je taillai mon chemin.

À la fin, je sortais uniquement à la nuit tombée, vers les dix heures, malgré les bombardements. Ces tonnes de ferraille qui s'abattaient sur la ville, j'en étais à la fois content et terrorisé. Berlin s'effaçait petit à petit. Dans un magma flou, où les détails se perdaient. Ne restaient que contrastes violents, collectifs, absolus. Là, un mur encore debout s'opposait à la chute de tout, mais on savait que ce n'était que sursis, et que demain lui aussi serait à terre.

Durant ces nuits, je me parlais à petits mots pour conjurer le sort, dans un flot incessant d'injonctions, de grossièretés, et de prières :

— Va pas craquer maintenant, bordel, ce serait idiot. Encore deux minutes à découvert, et après ça devrait être bon. Après le carrefour, crois-moi, tu seras à l'abri. Allez, bouge-toi maintenant, bouge-toi ! Reste pas comme ça, c'est un coup à choper la mort.

Ou encore :

— Qu'est-ce qu'il fabrique, ce tordu ? Il me revient pas. Tiens-toi prêt, Gerd, bordel, tiens-toi prêt à le buter !

Je ne cessais de soliloquer, je m'en remplissais la tête, de ce babil, et la seule fois où je crus pouvoir m'en passer je me pris une balle dans l'arrière de la cuisse. Pas la balle en direct, son ricochet. Ma chance. Je n'ose imaginer ce qu'un impact à bout portant aurait donné, il m'aurait sectionné la jambe, et plutôt salement, il en aurait fait une bouillie.

Je dus rester longtemps alité, pris de fièvre, à me demander si ma jambe avait été bien récurée. « On n'a pas été obligés de la couper, vous devriez vous en souvenir », me dit l'infirmier quand je me plaignis trop de la douleur. Un « d'ailleurs, qu'est-ce que vous fichiez dans ce coin » acheva de me convaincre de la boucler.

Dès que je fus en état d'arquer, je repris mon rôle d'émissaire avec plaisir. Je me déplaçais plutôt vite pour ce que j'avais à faire, et cette blessure me semblait un tribut honnête à la guerre, une autre façon, ma foi, de conjurer le sort.

Je ne garde aucun souvenir de mes trajets, toutes ces cours et ruelles qui étaient autant de chausse-trapes. Quelle importance avaient ces messages qu'il fallait livrer sans tarder à tel groupe de résistants ? Je ne me posais pas de questions, je prenais les courses avec plaisir, soulagé qu'on me demandât uniquement de faire circuler ces papiers. Tenir une arme, aller au corps à corps, je l'avais fait, c'était encore autre chose. J'accomplissais mes missions comme le bon nageur que j'étais, dans la coulée, en apnée, en évitant surtout de trop réfléchir.

Les détonations, ça, je m'en souviens, le bruit si particulier d'une bombe, ce sifflement, et l'onde, longue à venir, pourtant inexorable, avec tout ce qu'elle charriait d'immeubles et de vies démolis. Le son de la guerre, je me le rappelle, pas les images.

Le son de la guerre, et celui de cette école de musique. Je l'entendais de ma chambre. Les cours démarraient en fin d'après-midi, une trêve avant le fracas de la nuit. Des sons clairs et apaisés de flûte, de clarinette parfois, sortaient de cet appartement. Ainsi des parents continuaient d'envoyer leurs enfants apprendre la musique. Qui étaient ces gens ? Que faisaient-ils de leurs journées ? De quel camp étaient-ils ? Leurs enfants se montraient doués, les sons beaux tout de suite, pas d'ânonnement, comme s'il fallait se dépêcher d'être juste. Un son qui traversa la guerre, survécut aux raids anglais et américains, et qui s'arrêta d'un coup, sur un des tout derniers bombardements russes, quand leurs *Iliouchine II* anéantirent le quartier.

C'était un drôle de sentiment de voir ces avions, de souhaiter le ravage de la ville, car il n'y avait plus d'autre solution pour gagner la guerre, et d'espérer que, le soir encore, il y aurait des nuées pour envahir notre nuit, et qu'elles éventreraient, quartier après quartier, la bête. Je me persuadais, dans une grande sottise, que ceux qui devaient être sauvés, Käthe, les camarades, ne seraient pas touchés, comme si la foudre choisissait là où elle tombe.

Je retrouvai Käthe après la guerre, au printemps, à la résidence d'Ulbricht. Nous étions encore de jeunes cadres du Parti. La résidence était magique. Ulbricht passait beaucoup de temps à Moscou, et n'y revenait qu'épisodiquement. Il nous recevait dans le jardin, magnifiquement entretenu, qui donnait sur la Spree et ses glycines. Nous n'avions pas encore installé les chevaux de frise qui masqueraient l'autre berge.

C'étaient des après-midi d'impressionnistes. Il faisait léger. Ulbricht nous débriefait les intentions des camarades, mais nous passions une grande partie de l'après-midi à boire des citrons pressés – ils étaient un peu verts, ces citrons de Batoumi, mais nous en raffolions ! – et à nous féliciter du temps, de la chance insigne que nous avions. D'être là, du bon côté. Allemands victorieux. Le Berlin en ruine, nous l'acceptions, ce n'était pas nous. Et quand le soir, pour rentrer, nous traversions la ville ravagée, nous n'avions que peu de peine pour nos parents et pour tous ceux qui l'avaient voulu ainsi.

Chacun avait sa place autour de la grande table, nous les jeunes étions aux coins, un peu en retrait.

Käthe me faisait face à l'autre bout de la diagonale. Elle haussait souvent les yeux. Ou bâillait. J'étais le seul à la voir. À la fin de l'après-midi, nous prenions des barques, j'allais avec Käthe, «les jeunes ensemble ! ». Nous n'étions guère moins âgés que les autres cadres, quatre, cinq ans peut-être, mais nous étions les jeunes.

Käthe me fascinait par son indolence, son mépris des conventions, par ses bâillements fréquents qu'elle ponctuait d'une petite musique, trois petits tons tout discrets. Elle parlait peu, avait des idées radicales sur les changements qu'il convenait de donner à notre pays et, surtout, ne s'embarrassait jamais de rien justifier de ses idées. Mais le charme opérait. Et chaque après-midi où elle ne pouvait venir à la résidence résonnait comme un jour creux, totalement perdu.

L'envie d'elle s'installa petit à petit. Je commençai à l'aimer pour tant de raisons, aucune de celles qu'on voyait au cinéma, ni dans les livres. Je l'aimai d'abord comme une grande sœur intrépide, un rien délurée, dont j'espérais qu'elle me montrât la vie. Une grande sœur que je regarderais bientôt avec insistance, dont je découvrirais le corps, et l'ambiguïté qui l'accompagnait. Ce corps, échappé de la guerre, tendu, presque raide parfois, reprenait vie et féminité. Le corps roide d'une Jeanne aux traits fins, comme les Jeanne devaient l'être, comme l'était celle de Schiller. Ses sentences, ses critiques étaient parfois adoucies d'un sourire ou de mots un peu plus doux, un chaud et froid qui fouettait le sang et plaisait aux hommes. Je l'aimais aussi parce que les autres la désiraient, c'était une vérité un peu triste, mais qui n'enlevait alors ni à mon admiration ni à mon amour.

Käthe travaillait à l'orchestration des *Trümmerfrauen*, les femmes des ruines. Qui allaient des années durant nettoyer les décombres, récupérer les briques des immeubles détruits, les retailler, les ranger par groupes de seize sur douze hauteurs. Les tas étaient comptés, et chaque soir ces femmes recevaient de quoi survivre. Käthe avait peu de compassion pour ces travailleuses, elle s'agaçait quand elle les entendait rire – car parfois elles riaient encore –, elle n'acceptait pas les retards et, quand un pan entier d'immeuble s'écroulait sur l'une d'elles, elle montrait peu d'émotion. Une fois seulement, elle reconnut parmi ces femmes une bourgeoise qui nous avait aidés pendant la guerre. Elle fit sortir la femme du rang, lui donna plus de bons de ravitaillement qu'on n'aurait pu en gagner en trois mois de labeur, et continua sans un mot.

J'aimais faire la tournée avec Käthe. Nous l'opérions au pas de charge. Les tas, à peine formés et comptabilisés, repartaient sur d'autres chantiers, les gravats allaient à ce qui s'appellerait bientôt le *Teufelsberg*, la montagne du diable. La ville était à ciel ouvert, ses immeubles défoncés, des ruches mortes, fenêtres détruites, énuclées, alvéoles noires qui le resteraient longtemps. La vie de ces femmes s'étalait dehors avec leurs pauvres cambuses, et des landaus installés sur les monticules de terre trouvaient une place dans le paysage, au fur et à mesure du retour des hommes. Parfois Käthe détournait son pas, et allait voir les enfants, souvent hébergés à plusieurs dans la même nacelle. Elle les observait fixement, sans abêtissement, sans regard pour les mères, elle les observait comme des adultes, cette fois sans sévérité, au contraire avec une bonhomie stupéfiante, et à rebours de la morgue qu'elle affichait le reste du temps.

Je ne sais comment lui vint l'idée. Je vis les faits s'enchaîner et, comment tout se compliqua, je vis la purulence ultime de ce projet, mais j'en suis toujours à me demander comment cette folie s'était forgée. Je reste persuadé que Käthe ne pensait pas à mal quand elle l'esquissa. Le ferment était pur. Malgré toute son âpreté, elle pensait à bien. Nous étions durs, le pays était en ruine, mais le ciel d'un beau bleu, et fraîches nos pensées.

À l'été 1946, nous accompagnâmes Ulbricht à Moscou. Le train traversait la Pologne, elle aussi dévastée. Käthe me fit une tirade surprenante sur l'impossibilité pour ce pays de s'en sortir. Je lui demandai en quoi ils étaient moins bien logés que nous, après tout les ruines étaient les mêmes.

— C'est une société de musiciens. Ils ne connaissent rien aux mathématiques, ils n'ont aucun talent pour repenser le pays.

Je ris. Elle s'emporta :

— Je suis sérieuse. Ils n'y entendent rien. Leur école polonaise de logique est foireuse. D'ailleurs Tarski s'est sauvé en Amérique avant la guerre. Les Hongrois s'en sortiront, ils ont Pólya, ils ont Riesz ou encore Szemerédi. Les Français peut-être. Mais les Polonais vont continuer leur musique !

Ulbricht se réveilla. Et nous regarda d'un air moqueur. Il était persuadé que nous étions ensemble, et que nous nous disputions pour on ne sait quoi. Pourtant, il n'y avait encore rien. Rien de mieux que des tours de barque, des marches d'inspection sur les ruines, et les idées lapidaires de Käthe.

Nous nous sommes aimés une semaine plus tard, à la colline des Moineaux. Ulbricht était hébergé au palais Kouskovo, la délégation à l'internat de l'université Lomonossov, vide à cette saison, si bien que nous prîmes chacun possession d'une chambrée de seize lits. C'était amusant de ne pas se serrer, et de profiter de ces immenses espaces qui puaient le poêle et le Belomorkanal.

À six heures, dans le hall, nous attendions l'escorte qui nous emmènerait à la soirée d'amitié. Käthe arriva en noir opéra. On sentait en elle de l'impatience. Une volonté de se montrer, de parler, de rire. Elle passa les premières heures aux côtés d'Ulbricht, puis nous terminâmes la soirée ensemble. Elle fut d'abord à Ulbricht, je le pense, mais il n'osa pas. Ou crut qu'il avait le temps. « Viens », me dit-elle. Son seul mot pour moi. Un « viens » presque perdu, à peine prononcé, voilà le début. Comment les faits se mirent en place.

Les sessions à Moscou nous confortèrent dans l'idée d'un temps nouveau, chargé de tous les possibles, de quelques inquiétudes aussi. Nous n'étions pas russes, nous parlions fort peu la langue, juste assez pour un toast ou saluer les camarades le matin, et nous restions partagés sur ce pays trop grand dont nous soupçonnions la brutalité, malgré l'accueil toujours joyeux qui nous était réservé. Nous n'étions pas russes, et depuis la guerre, plus allemands.

Nous nous rendions dans les trois autres zones de Berlin, et n'étions pas davantage séduits. Les vies dans les états-majors se ressemblaient. Chaque puissance prenait soin de ses représentants. Les Soviétiques nous livraient en denrées afin de rendre les réceptions données par les Anglais ou les Français.

Les Russes restaient méfiants avec nous. Parfois ils reprenaient les affaires en direct, et se contentaient de nous débriefer. Käthe avait beaucoup de mal avec leurs façons, elle s'en ouvrit à plusieurs reprises à Ulbricht, lui qui acceptait cette mise sous contrôle. Elle n'avait aucune amitié particulière pour nos homologues des autres zones, « des traîtres, des suspects ». Au mieux

« des idiots qui n'avaient rien compris, et qui ne manqueraient pas de reproduire honte et faillite ».

Je n'étais pas si sectaire. Sur mes dossiers, la gestion des gravats, j'étais en contact avec des ingénieurs et architectes français, anglais et américains. Nos réunions étaient étranges. Partagées entre ceux qui voulaient reconstruire au plus vite, et ceux qui se réjouissaient que Berlin pût rester quelque temps défigurée. Certains voulaient refaire à l'identique, d'autres tracer une nouvelle ville et oublier à jamais les plans de Speer. Il n'y avait pas de lignes claires, même parmi les Allemands.

Et au sein de la délégation américaine, il y avait Elizabeth. Cette femme venue de New York avec le premier bateau d'épouses rejoignant leurs maris. Le sien était mort pendant qu'elle faisait la traversée, elle l'apprit à son arrivée en Hollande, et ne souhaita pas retourner en Amérique où plus rien ne l'attendait. L'autorité américaine lui proposa de rester en Allemagne pour travailler à la gestion des décombres. Elle était la seule femme parmi nous, et ce n'était rien de dire qu'elle illuminait notre groupe. La souillure, le fracas de la guerre, elle n'en avait rien connu, elle arrivait d'un autre monde, indemne et lumineux, jeune veuve dont on devinait la douleur d'avoir perdu si tôt son mari – il n'y avait aucune ambiguïté là-dessus, son regard parfois s'abandonnait, et on la savait alors à son souvenir –, mais dont on voyait surtout l'immense désir de vie.

J'allais avec elle chaque semaine à l'arrivée du train américain. Elizabeth m'offrait du corned-beef que nous nous partagions dans un jardin près de la gare de

Wannsee. Parfois rejoints par des habitants du coin, avec qui nous faisions dînette, oubliant le temps d'un repas que nous avions peut-être été ennemis. Nous ne parlions pas du passé avec ces gens. Ils restaient des passants, que nous invitions de bon cœur, mais dont nous ne voulions rien savoir de plus.

Elizabeth devint vite Liz, elle m'apprit à le prononcer. Il fallait beaucoup de douceur, presque de l'égarement à la fin. Le suggérer plutôt que de le dire, et pourtant lui conserver sa force, ce fut ma première leçon de haute société américaine. Liz. « Vous y arriverez », me dit-elle. Je l'emmenais au cinéma. Käthe aurait été folle de l'apprendre, je ne lui racontai rien de cette histoire.

Nos déjeuners sur l'herbe étaient empreints de la schizophrénie du Berlin d'immédiate après-guerre. Je restais, malgré tout, Allemand, et elle, une vraie Américaine. Je ne saurai jamais comment elle me regardait. Un résistant ? Quelqu'un du mauvais camp qui avait su se reprendre à temps ? Un homme sympathique qui ne parlait jamais du passé, qui n'évoquait jamais ses parents, un peu parfois les lieux de son enfance ? Un homme rongé par une honte tellement grande, tellement insupportable qu'il ne pouvait que l'endosser et en prendre sa part, même s'il n'y était pour rien et qu'il avait risqué sa vie contre cette saloperie ?

Je contemplais avec Liz les saisons qui ignoraient la guerre, ce ciel qui n'en gardait aucune mémoire. J'entendais avec plaisir les gobemouches revenir dans la ville, bientôt ils se battraient dans les hêtraies, dans des chants impérieux, affamés, et pourtant si doux. J'étais cet homme de vingt ans qui voulait encore y croire.

Attentif au bruit de la ville épuisée qui n'en finissait pas de s'écrouler, presque gentiment, ce n'était plus si grave. Pas un matin sans qu'un immeuble tombât en décombres, frappé par la résonance de la guerre. C'étaient les matins, les murs faisaient comme les hommes, et se résignaient à l'aube, après avoir lutté toute la nuit.

J'étais habité par la paix, le soulagement. Parfois, pourtant, une furieuse envie de sortir mon Tokarev, et de tirer sur ces pillards de maigre vie qui pullulaient dans Berlin et me dégoûtaient dans leur commerce d'hier et d'alors. Mais ce n'était que mauvaise pulsion, une prise de folie. Le lendemain, je partagerais avec eux une ration de survie.

J'étais cet homme condamné à seulement effleurer cette jeune Américaine. Parce qu'il y avait cette faute, cette *Schande*, à laquelle je ne pouvais me soustraire, même dans le camp des vainqueurs. Liz me ramenait à ma condition d'apatride et de miraculé.

Cela ne m'empêchait pas de passer de belles heures avec elle, avec ce qu'il fallait de secret, d'innocence et de frustration.

Personne n'était plus gai que Liz. Ma mère avait cet élan, si je m'en souvenais. Mais il s'agissait de jours lointains dont je n'avais pas profité longtemps. Liz, c'était un étonnement permanent. Elle ne cessait de poser des questions, à tout bout de champ, des « pourquoi », en allemand, jamais étanchés. Elle les prononçait mal ses *Warum ?*, elle leur donnait un goût de chewing-gum, mais quel plaisir de l'entendre ainsi, curieuse de notre vie d'avant, nos plaisirs du dimanche, nos premières vacances, comment les tramways fonctionnaient chez nous, pourquoi notre pain était si noir, et une multitude de choses qui faisaient notre vie. Des questions dont elle frétillait à l'avance : fallait-il vraiment se baigner nu dans nos lacs ? Était-ce vrai que la grande Marlène s'était accroché un bouquet de violettes au pubis pour la première de *L'Ange bleu* ? (Empourprée de confusion, elle eut un mal inouï à le prononcer, ce « pubis », mais la curiosité était tellement forte qu'elle ne put s'empêcher de demander ; amusé, je la laissai s'emberlificoter.)

Parfois, une question heurtait le passé récent, elle me voyait alors embarrassé, elle comprenait ce que Berlin avait aussi été, et ce que nous avions commis.

Il y avait tant de candeur dans ses étonnements que la conversation reprenait vite sur des notes plus légères, avec de nouveaux *Warum ?*

Elle réalisait chaque jour des progrès remarquables en allemand, et je pus bientôt lui répondre uniquement dans cette langue. Elle me faisait répéter les mots, les prononçait plusieurs fois elle-même, les roulait jusqu'à trouver la bonne tonalité, pleine d'application, et ils semblaient mémorisés à jamais. Ils reviendraient vite dans sa conversation, elle me regarderait alors, fière d'elle.

Je ne me souviens pas d'un jour où elle ne fut pas impeccablement apprêtée. Ses cheveux toujours mis en plis, son visage finement poudré et dessiné. Des vêtements bien taillés, dans des couleurs claires dont nous n'avions plus l'habitude.

C'était un don d'être ainsi, et de ne pas attirer la haine. Cette élégance, quand nous inspections les chantiers, face à ces femmes de suie et de sueur, ne lui valait aucun mauvais regard ; de l'envie certainement, mais qui n'allait pas plus loin. Comme si toutes acceptaient qu'il y en eût une qui portât leur coquetterie. Liz parcourait la ville sans craindre de s'en tacher, le port droit et pourtant aérien, souriante, ouverte aux gens et aux détours. Et dans une ville à l'agonie, effet d'un charme dont elle n'avait même pas conscience, c'était elle qu'on avait envie de chérir, comme une invitée lointaine, qu'on supposait prestigieuse et délicate, sujet inépuisable de toutes les sollicitudes, à qui on offrait de bon cœur ses maigres biens.

C'était un drôle de sentiment de marcher à ses côtés. Si Liz cheminait sans crainte, on me dévisageait, et j'étais moins sûr d'attirer la sympathie. Quel imposteur, quel profiteur étais-je dans la tête de ces gens ?

Je passais les après-midi avec Liz, et les soirées avec Käthe. C'était un plaisir terrible de cloisonner ainsi ma vie. Et de profiter de la compagnie de ces deux femmes. Je taisais à Käthe mon amitié pour Liz. Je savais qu'à l'instant où j'en parlerais elle devinerait tout. Ma fascination pour cette Américaine, et pour tout ce qu'elle représentait. Les terres du Massachusetts si fraîches dans le souvenir de Liz, le domaine familial qui courait jusqu'à l'Atlantique, cet océan qui avait bercé son enfance dont elle me disait toutes les teintes et toutes les colères (« vous savez, notre océan, il peut être très sauvage parfois »). Elle continuait de me vouvoyer comme on lui avait appris à le faire, et m'annonça qu'elle entendait continuer ainsi – selon son livre c'était « plus convenable » –, mais libre à moi de la tutoyer, « comme les bolcheviks », si je préférais.

Sa mère conduisait le domaine depuis la mort du père, survenue avant-guerre. Le frère avait péri peu après son débarquement en France. Pour son frère, elle disait : « Les nazis, ils l'ont tué. Ils étaient cachés. Ils ne lui ont laissé aucune chance. » Comme si la guerre était un jeu, et que leur seul tort eût été d'avoir triché. Elle disait « les nazis » et pas « les Allemands », je ne savais si c'était pour m'épargner.

Il était impossible d'évoquer cette femme séduisante devant celle que j'aimais. Käthe aurait pu se méprendre, imaginer des histoires qui n'existaient pas ou qui, selon, existaient déjà trop bien. J'eus un jour la tentation de les faire se rencontrer, mais je devinai, quand Liz plaisait à toutes les femmes, qu'elle ne plairait pas à Käthe.

Käthe était d'une intelligence remarquable. Imaginer des systèmes ardus, envisager le monde et son avenir dans des complications d'horloger, elle était capable de cela. Elle avait davantage de difficultés avec le commun des mortels, avec la vie de tous les jours. Elle n'aimait pas les geignements, les douleurs du quotidien, elle n'aimait guère plus les enthousiasmes trop bruyants. Elle ne supportait ni la grossièreté du peuple, ni la sophistication et les fausses manières de la haute société. Pour Käthe, il y avait les résistants, ceux qui avaient osé prendre les armes contre le Reich, et les autres. Les résistants, avec les enfants, les seuls à mériter sa compassion.

Et dans ce Berlin d'après-guerre, quoi qu'on voulût, il y en avait peu de ces résistants, davantage un peuple exténué par les dernières années, pris de dégoût et de honte pour les plus lucides, comprenant que rien, jamais rien, n'effacerait cette faute qui ne cessait d'empirer au fur et à mesure des jours et du retour des camps, et qui touchait désormais au sordide ; un peuple ainsi damné pour le siècle à venir et qui, malgré cette infamie, devait quand même penser à manger, s'abriter et se chauffer. Certains ne l'avaient peut-être pas voulu, c'est ce qu'ils prétendaient, ils pouvaient se débattre autant qu'ils le voulaient et essayer de retrouver une conscience, ils n'avaient pas agi quand il était temps, et l'heure n'était plus à ces subtilités, eux aussi étaient condamnés.

Käthe dormait peu. Les nuits passées chez elle trouvaient leur fin à quatre heures et demie du matin quand elle se levait et s'agitait dans son appartement. Elle bouillait de me voir encore endormi, et multipliait bruits et lumières jusqu'à me réveiller. Parfois, elle jouait la surprise («Oh ! tu es déjà debout ?»), souvent elle se contentait, sans un mot, de m'indiquer la cafetière. Chez Käthe, le corps semblait froid et armuré, mais parfois il se défaisait quelque peu, prenait des tours plus lascifs (ils ne duraient jamais longtemps), et laissait trahir une émotion, ou simplement un peu de vie. Il fallait profiter de ces moments, ils en valaient la peine. Käthe devenait alors pleinement attirante, il n'y avait plus de doute. J'aimais l'observer quand elle prenait son café, regarder sa gorge palpiter, je ne savais à quoi elle pensait, nous parlions très peu. J'ignorais ce qui lui faisait battre le sang, cela rajoutait au charme, et parfois à la désespérance. Elle avait une très jolie peau, blanche, mais sans ennui. Une peau de lait, encore plus douce qu'on aurait pu l'imaginer. Ses seins étaient petits, des seins de combattante, mais là encore ils n'en étaient que plus émouvants, quand elle les libérait enfin.

Je ne saurais vraiment dire d'où venait Käthe. J'imaginais une famille assez riche, il y avait chez elle des attitudes qui ne trompaient pas, son aisance à occuper l'espace, à évoluer en soirée, à passer d'un groupe à l'autre quand l'ennui gagnait, ou qu'elle avait atteint son objectif. Oui, j'imaginais une famille aisée qui lui avait inculqué toute cette morgue, mais une extraction vite ensevelie, à son arrivée à Berlin. Pourtant aucun désir de se donner un nouveau genre : Käthe restait authentique, et son air de garçonne, nullement fabriqué. Ses cheveux courts, sans apprêt (parfois, un turban lui coupait le front à la manière d'un chef de guerre japonais), car il y avait tant à faire, qu'elle n'avait « ni le goût ni le loisir de jouer à la cocotte ». Il en allait de même pour ses vêtements. Les vareuses portées sur de longues jupes d'infirmière de la Croix-Rouge lui convenaient fort bien.

Les réunions s'enchaînèrent cet été 1947 au Kurhaus, un hôtel rescapé de la mer Baltique près d'Ahrenshoop. Nous y étions invités par les Soviétiques afin de réfléchir à l'avenir de notre zone, à la mise en place d'une véritable société communiste. Les Russes voulaient se servir sur la bête, et cette invitation, un moyen élégant de nous annoncer la confiscation des machines-outils et des locomotives qu'il nous restait. Quoi qu'il en soit, le cénacle des invités était suffisamment jeune pour que l'ambiance restât agréable, la grande salle de l'hôtel qui servait aux plénières donnait sur les ajoncs et la mer. Nous mangions du poisson sur de grandes tables en bois que nous dressions gaiement midi et soir. Tous les amis de l'URSS, tous ceux qui allaient bientôt constituer le bloc de l'Amitié étaient représentés. Nous conversions en allemand avec Polonais, Tchèques et Hongrois. C'était à la fois naturel et insensé, mais même les Russes semblaient s'en satisfaire.

Être loin de Berlin libérait l'esprit, et ce fut à la fin d'une de ces soirées que Käthe m'annonça son désir d'une société d'intellectuels que nous réunirions régulièrement, et dont nous prendrions la responsabilité. Oui, ce fut à Ahrenshoop que germa le programme Spitzweiler. L'air était bon, et nous profitions de la fin de l'été. Il faisait à peine nuit, le soleil dure si longtemps à cette saison, et notre lit était traversé, au gré des mouvements du rideau, de vagues très claires, presque laiteuses. Elles allaient bien à Käthe, elles lui léchaient le corps. Nous fîmes l'amour comme rarement nous l'avions fait jusque-là, presque surpris que ce fût possible, le visage de Käthe enfin libéré, fou de secousses, de nouveau jeune et clandestin. Au matin, elle ne revint pas sur notre nuit, elle m'annonça simplement : « Ça sera long, mon ami, j'aurai besoin de toi. »

Je continuais de voir Liz, moins fréquemment que je ne voulais, mais il y avait tant à faire de notre côté. Nos premières minutes, que nous nous retrouvions dans un café ou dans ce parc que nous aimions fréquenter, étaient toujours empruntées, pleines de bien trop d'attente et de gestes mille fois rêvés. Nous nous serrions la main et jetions alors quelques phrases, coupées, hachurées de rires nerveux, des bribes d'anglais et d'allemand qui disaient notre embarras.

La guerre avait pourtant accéléré nos existences : ce qui était vivant pouvait être mort le lendemain, et ce qui était mort, oublié le jour d'après. Tout cela, cette expérience sauvage de la vie, aurait dû nous engager à vite profiter des jours. Coucher ensemble, et voir où cela nous menait. Mais nous n'en faisions rien. Était-ce la peur de briser ce temps en suspens, cet équilibre ténu, ou une fierté assez vaine de ne pas tout abandonner aux pulsions et ne rien céder au temps animal ? Nous nous contentions de marcher. Parfois, au sortir du cinéma, je lui donnais le bras. Cela n'allait pas plus loin. J'étais déjà heureux ainsi.

Quand Liz eut épuisé toutes ses questions sur la vie des Allemands, elle voulut en savoir davantage sur moi. Un après-midi, alors que nous étions attablés dans un petit café, je me décidai à évoquer Käthe. Je lui dis combien j'aimais cette femme, et ce qu'elle représentait pour moi. J'essayai de lui dire sans la froisser. Une heure ambiguë où je ne cessai de regarder ses cheveux élégamment ondulés, les lignes parfaites de son visage. Une heure délicieuse à parler de l'autre femme de ma vie, à observer Liz, le trouble qui avait fini par la gagner, et en ressentir un plaisir puissant et terrible.

Pour Käthe, les intellectuels étaient mathématiciens et physiciens. Chimistes à la rigueur. Elle se méfiait des autres, philosophes, écrivains, ou artistes. J'aurais de fait été exclu de son groupe, si elle ne m'avait nommé secrétaire général de notre association, ma seule légitimité. Elle nous réunissait chaque lundi, nous étions une cinquantaine dans la salle des délibérations du Parti. Les femmes bien représentées. Nous réfléchissions au nouvel ordre des choses. Notre société n'était pas secrète, il ne s'agissait pas de reproduire une loge, mais nous n'en faisions pas grande publicité.

Cela commença gentiment. Les conversations ronronnaient. Certains avaient de vraies convictions pour réamorcer la société, mais la plupart restaient mortellement scolaires. Nous manquions d'hommes d'idées, de poètes, d'amoureux de la vie et du printemps.

Je lui en fis la remarque et lui dis combien je m'ennuyais dans ces sessions. Käthe me regarda comme elle le faisait en pareil cas, quand elle allait bien trop vite pour le commun des mortels et consentait à revenir sur les événements et à davantage les expliquer. Elle le faisait avec tout le monde, avec Ulbricht aussi.

Passé le premier mouvement d'impatience, à peine perceptible, une fois convaincue qu'elle irait difficilement plus loin, elle reprenait son propos, avec grande douceur. C'était pour elle un effort, une frustration, de devoir ainsi compter ses troupes avant chaque assaut et s'assurer de leur bonne compréhension de la bataille à venir, mais, plus fine que moi, elle savait comment s'articulaient les choses.

— Gerd, l'essentiel n'est pas là. Ce qui compte, c'est de les avoir sous la main, tu comprends ?

Et comme je ne répondais rien, elle continua sa démonstration :

— Je ne veux pas qu'ils se sauvent en Amérique. Ils sont peut-être ennuyeux comme la pluie, mais je compte sur eux pour reconstruire le pays.

Il n'y avait rien à redire. Je voyais où elle voulait en venir, elle allait enchaîner sur les Russes :

— Je ne veux pas dépendre des camarades. Je ne veux pas être leur esclave, et crois-moi, si on ne fait rien, si on ne trouve pas notre foutue place dans la construction du communisme, c'est ce qui nous pend au nez. Tu te souviens de Heinz Barwich, n'est-ce pas ?

Je ne m'en souvenais pas. Je n'épluchais pas comme elle les annuaires d'universités, je n'avais pas le besoin maladif d'en recenser tous les professeurs. Käthe eut pitié de moi.

— Je vais te rafraîchir la mémoire. Barwich, c'est un de nos tout meilleurs. Enfin, je devrais dire « c'était ». Un ponte de la physique nucléaire, spécialiste de l'enrichissement de l'uranium. Eh bien, on n'en a pas profité. On n'en a pas profité une seule seconde, tu entends ? Il s'est sauvé en URSS dès la fin de la guerre.

Tu me diras que c'est bien, que c'est mieux l'URSS que l'Amérique, mais quand même, j'aurais préféré qu'il reste chez nous.

Käthe, ainsi lancée, faisait questions et réponses, comme si le contretemps eût assez duré, et qu'il fallût accélérer. Suivant le monologue, colère ou enthousiasme, elle devenait blanche comme un linge, ou s'empourprait comme une adolescente. Là, elle conclut sur ses espoirs, me disant qu'un jour peut-être ce seraient les camarades russes que nous attirerions dans nos laboratoires.

Elle arriva à convaincre le bras droit d'Ulbricht de répertorier l'ensemble des scientifiques, d'en noter les allées et venues dans les secteurs de Berlin. Comprendre ce qui les reliait à notre démocratie naissante. Cela restait informel. Les gens n'étaient pas suivis et conservaient une entière liberté de bouger, mais Käthe identifiait les sujets à risque, ceux dont les travaux pouvaient intéresser nos voisins. Ceux qui n'auraient pas la patience d'attendre que notre société se reconstruisît. Elle s'intéressait aux conjoints, aux épouses de la haute qui auraient vite des exigences de meilleur appartement et de voiture. Ceux et celles qui découchaient, les maîtresses, les amants, les enfants. Davantage comme une arbitre des élégances, qui tenait salon, et veillait à ce qu'il restât suffisamment fréquenté. Le temps des fiches griffonnées par des voisins délateurs viendrait bien plus tard.

Malgré tous ses efforts, de nombreux scientifiques continuèrent de migrer. On ne les appelait pas encore fuyards. À cette époque, les secteurs de Berlin étaient séparés par une simple ligne de peinture blanche. Qu'on franchissait allègrement, dans les deux sens.

L'année suivante, ce furent des émeutes qui agitèrent Berlin-Est. Moscou fit intervenir ses chars pour remettre de l'ordre. On ne savait quoi en penser. Käthe était ulcérée, une vexation presque enfantine, ne pas être fichus d'y arriver seuls et voir de nouveau les camarades prendre le contrôle, mais elle dut bien l'accepter, on ne pouvait laisser ainsi la situation empirer. Elle demanda à Ulbricht s'il les avait sollicités. Sans attendre la réponse. Elle ne comprenait ni les émeutes, ni les revendications, et encore moins tous ces passages à l'Ouest.

Chaque départ lui coûtait. Elle en voulait au monde entier, à moi surtout : « Tu n'as rien senti venir ? Ce que tu peux être niais parfois », et elle continuait : « Tu ne m'aides pas, tu ne m'aides vraiment pas. » Ce n'étaient que brèves disputes. J'oubliais ses reproches, ou je me promettais de lui battre froid quelques jours, qu'importait, on couchait ensemble le soir même, et au petit jour je me réveillais enragé, motivé à tout surveiller et contrôler.

Je la comprenais, je la voyais souffrir, j'avais envie de l'aider. Au nom de nos luttes. Pour la remercier aussi de s'être arrêtée sur moi. J'avais conscience du miracle, et de sa fragilité. J'étais l'élu, sans savoir pourquoi, et si nous n'étions plus dans le ton de nos premières années, à l'abord d'un monde bien plus adulte et resserré, je restais son compagnon. Être à ses côtés, combien de fois en avais-je rêvé durant la guerre quand, parfait mirage, elle ne faisait que surgir et s'évanouir ?

Les défections décidèrent Käthe à changer de méthode. Elle choisit quelques têtes à conserver en priorité, et déchaîna sur elles l'entière amitié du Parti. Du jour au lendemain, ces douze pontes, tous célibataires, huit hommes, quatre femmes, eurent un chauffeur particulier pour les accompagner dans leurs déplacements – il fallut même déshabiller le secrétaire adjoint d'Ulbricht pour réussir cet exploit –, leurs congés programmés dans les bâtiments de *Kraft durch Freude* sur l'île de Rügen et, luxe suprême, obtinrent chaque semaine un cageot de légumes frais, une motte de beurre, un kilo de sucre, un lapin et un jambon.

C'est à Rügen que le programme Spitzweiler prit son essor. Les douze scientifiques eurent quelques jours de repos ensemble, au moment de Noël. L'île était glaciale, mais la luminosité magnifique, et chaque jour notre groupe sortait sur le coup des quatre heures se promener en haut des falaises de craie. Nous regardions la nuit déjà si proche, et les vagues qui tournaient au noir. Le reste de la journée, nous déambulions dans Prora, presque vide. Les habitants s'égrenaient sur les cinq kilomètres de façade pharaonique de l'hôtel, folie du IIIe Reich, « la force par la joie ». Ils formaient quelques poches de vie parmi les dix mille chambres, restées inoccupées. Nous partions à leur rencontre en nous perdant dans les couloirs, et partagions un thé aussi souvent que possible. L'ambiance était plaisante, on retrouvait l'esprit colonie de vacances qu'avaient voulu les nazis. Un joyeux abruti, habitant de Prora, avait court-circuité le système de sonorisation qui reliait les chambres entre elles. Avant-guerre, l'administration l'utilisait pour émailler la journée d'encouragements à s'entraîner, et diffuser les discours d'Hitler. Notre habitant était plus drôle et totalement imprévisible. Il nous réveillait parfois au milieu de la nuit en hurlant de nous ressaisir, et en nous mettant au défi de le retrouver. Alors commençait une gentille chasse à l'homme, tous en pyjamas avec nos lampes torches. Mais nous ne le trouvions jamais.

Avec Käthe, nous partagions une chambre, que nous avions plaisir à regagner le soir, nos scientifiques couchés. Le groupe nous accaparait toute la journée. C'étaient nos champions, c'étaient surtout de grands enfants épuisants. Käthe discutait longuement avec chacun d'eux, quand je courais d'une aile à l'autre de Prora pour assurer les repas et la logistique. C'était ma fierté de jouer les utilités, de les voir se gaver et ne manquer de rien. Une fois seuls dans la chambre, nous prenions le temps de souffler. Käthe me faisait signe de ne rien dire, des chut ! enfantins, elle vérifiait à plusieurs reprises dans le couloir si tout le monde était bien caserné, alors seulement elle se laissait aller. Elle fumait, riait de bon cœur, me racontait quelque secret qu'elle avait récupéré de ses discussions, et fumait encore et encore. Des russes, et des anglaises que je lui procurais. Les Karo, qu'elle détestait mais qu'elle se forçait à acheter « pour l'indépendance de la patrie », viendraient après. Elle tirait sur les tiges, comme une forcenée. Sa passion du tabac était récente, je trouvais que ça lui allait plutôt bien, elle fumait comme un garçon, en coinçant la cigarette de tous les doigts, un geste qui aurait été laid et vulgaire chez toute autre fille, pas chez elle. J'aimais la voir ainsi, de nouveau gamine, contente de ses coups, conspirant gentiment au lendemain. Puis, la chambre bien empuantie de fumée, nous nous écroulions, morts de fatigue.

Nos célibataires échangeaient peu sur leurs travaux, se lançaient quelques défis d'hygiène intellectuelle, calculaient les points de fraction des ondes dans les longs couloirs et, surtout, saucissonnaient dès qu'ils le pouvaient. Ils se juraient de revenir dès que possible. C'était un premier succès pour Käthe.

J'étais encore à Rügen quand je reçus un courrier des Américains, une invitation pour un bilan sur les travaux de reconstruction. Dans la liasse du rapport préliminaire, il y avait un petit mot griffonné de Liz. Elle m'annonçait partir en Amérique. Pris de panique, je lui câblai en retour de m'attendre, comme si c'était possible. Elle le fit pourtant, et trouva une vilaine excuse pour différer son vol.

Je la retrouvai en pleurs. Je venais de lui sauver la vie : l'avion qu'elle aurait dû prendre s'était abîmé au large de l'Irlande, sans aucun survivant. Elle ne cessait de sangloter et de me sourire à la fois. « Vous êtes mon ange gardien, me dit-elle à plusieurs reprises. Dieu vous a mis sur mes pas. » Je bus mon verre sans savoir quoi dire.

Les valises étaient prêtes dans le couloir. Je les regardai. Malgré les risques qui se rappelaient à elle, fière d'être sélectionnée, Liz restait excitée à l'idée de retrouver son pays. Cette mission sonnait comme une revanche sur la mort de son mari, sur les mois passés dans les ruines. Je craignais que Washington la décidât à ne jamais revenir à Berlin. J'imaginais la vie si facile là-bas. Je crois que nous essayâmes de nous embrasser, sans vraiment y arriver. C'était trop tard, cela attendrait son retour.

Les retrouvailles de notre groupe de scientifiques se firent l'été suivant. Prora restait aussi vide qu'à l'hiver, mais les bains dans la Baltique procuraient une nouvelle perspective et dénudaient les esprits. Le premier couple se forma rapidement. Berit Jürgen était la plus fantasque de la bande, il était difficile d'imaginer qu'elle était la pionnière des nombres ergodiques, à la voir, passionnée d'Apaches et de Comanches, toujours à moitié nue cet été-là. Simon Kraus n'avait rien d'un Indien, c'était un homme compliqué et filandreux. Je l'aurais volontiers logé en fin de liste, c'était pourtant lui que choisit Berit. Elle ne le lâchait plus, se moquait sans cesse de lui, et le couchait la tête sur ses genoux, quand elle nous racontait le soir les grandes légendes du Far West. Simon était son enfant, son compagnon de bordée, elle le déshabillait plusieurs fois dans la journée, en lui criant qu'il resterait laid s'il ne prenait pas un peu le soleil.

Simon et Berit avaient ouvert la voie. Un deuxième couple se forma bientôt entre les deux plus beaux membres de notre «fraternité». Mitzi était splendide, elle revenait d'URSS où elle s'était cachée pendant la guerre, tout était sublime chez elle, sa jeunesse, son regard, son accent yiddish, son rire quand nous déambulions la nuit à la recherche de l'autre siphonné. L'*Übermensch* absolu, en femme. En juive. Klaus Ottermeier, l'élu, avait une chance rare. Il semblait l'ignorer, et se disputait violemment avec Mitzi. Des scènes inexplicables dans ce lieu, qui pouvaient laisser croire qu'ils se connaissaient depuis très longtemps pour se détester avec une telle furie. Mais Klaus savait ramasser quand tout partait en charpie, et prenait Mitzi à pleines mains, l'éloignait du groupe, et se rabibochait avec elle. Les deux revenaient repus et apaisés. Cela crevait le cœur des hommes d'imaginer leur réconciliation, et de voir Mitzi leur échapper davantage.

Une vraie complicité prenait entre nous, les scientifiques avaient plaisir à se côtoyer après leurs travaux et nous acceptaient volontiers. Nous retrouvions notre corps, le cultivions chaque matin, et regardions sans gêne celui des autres.

Käthe prenait des bains de soleil avec Berit. Elles allaient se tremper dans l'eau froide de la Baltique, criaient et se débattaient dans les vagues. De retour, elles s'allongeaient nues sur le sable, et je savais que Käthe attendait alors mon regard, qu'il y avait, pendant ces quelques minutes où les deux reprenaient leur souffle, l'envie jalouse, exclusive, du regard des hommes.

Nous étions libres, tout était si loin. Nous avions vécu dans les ténèbres et les recoins de la ville, dans l'incendie permanent des dernières années, les bâtiments et les arbres calcinés, la suie qui ne partirait jamais, le plomb qui suintait de ce qui était encore debout et de ce qui était déjà à terre, des couleurs noires de charbon, de pétrole et de métal tordu, à peine réveillées par les fumerolles grises des gravats qui n'en finissaient pas de se consumer. À Rügen, l'île était blanche, impeccable, elle ne blondissait que vers les cinq heures, dans un reflet d'une douceur infinie. Elle nous offrait ce qui nous avait tant manqué, de longues perspectives, et une absence totale de danger. Les nazis ne s'étaient pas trompés, c'était bien là qu'il fallait construire le nouveau monde.

Qui porterait des enfants. Beaucoup d'enfants selon le souhait de Käthe. Des enfants aux prédispositions largement supérieures à la moyenne, des surdoués qu'on mettrait en nourrice pour libérer les parents et les garder à leurs travaux.

La première à tomber enceinte fut Mareike. Cette grande femme fut ma compagne de bains de mer, tôt le matin, presque à la nuit, durant tout l'été. Une excellente nageuse, avec qui j'allais très loin. Ma jambe, dans l'eau glacée, me fichait la paix. Nous perdions souvent la côte de vue, nous aimions ce vertige d'être à la merci d'une lame un peu plus formée que les autres, et revenions exténués. Un matin, au lieu de rentrer tout de suite, nous restâmes à l'abri d'une dune. Elle voulut m'expliquer ses travaux à grands schémas dans le sable, je n'y comprenais rien, elle partit d'un fou rire qui dura une éternité. C'était une belle athlète, sûre de son corps. Elle se mit nue, et je la pris parce qu'il n'y avait rien d'autre à faire.

Mareike n'aurait rien dit à personne, et se serait fait retirer l'enfant si Käthe – qui suivait ces quatre femmes comme des pouliches – n'avait pas tout deviné. Il manqua à Mareike une petite semaine pour se faire avorter, avant qu'elle ne fût convoquée, en ma présence. Käthe voulait savoir qui était le père.

— Tu dois me le dire. C'est important.

— Cela ne vous regarde en rien, répondit Mareike.

— Tu es une scientifique. Cela me regarde, cela regarde le Parti. Cela regarde tout le monde en fait. Tu serais laboureuse, je me moquerais bien de ton enfant. Mais le Parti te nourrit, te chauffe, t'habille. Nous attendons de toi de grandes choses. Nous devons savoir de qui il est.

Mareike ne sembla pas convaincue.

— Je vais le faire enlever, poursuivit-elle. Le Parti n'en saura rien. Je vois la femme ce samedi. Elle me connaît déjà. Elle saura faire.

— Ce n'est pas la première fois ?

— Cela ne vous regarde pas, coupa-t-elle.

— Encore une fois, cela me regarde bien plus que tu ne le crois. Dis-moi qui est le père, qu'on sache si on le garde ou pas !

— Allez vous faire voir ! Je me l'enlèverai moi-même s'il le faut ! se débattit Mareike.

Käthe me demanda alors de m'écarter un peu. Mareike était très agitée. Debout, cette grande femme ne savait plus comment se tenir. Une transe la prenait et tourmentait son corps. Son regard de houri se perdait et cherchait une issue qui n'existait pas. Käthe se rapprocha – je croyais pour la gifler, c'était ce que j'aurais peut-être fait –, la prit dans ses bras, et demanda une fois de plus, dans une infinie douceur, qui était le père.

— Quelqu'un du groupe, finit par avouer Mareike.

Alors Käthe la serra de plus près encore, et lui murmura à l'oreille quelques mots. Des mots simples, qu'elle me relata après, juste une menace, en son seul nom, sans avoir besoin d'en appeler à Ulbricht, ni aux foudres du Parti. Sa seule et simple promesse de lui briser le cou si l'enfant ne voyait pas le jour. Une menace bien sincère, spontanée, qui ne me surprit pas trop. L'idée ne s'était constituée que petit à petit, mais je croyais volontiers Käthe capable de tuer. Elle avait désormais ce pouvoir.

Cet enfant était le premier cadeau qu'elle offrait à notre patrie, le premier d'un genre nouveau. Que le père ne se déclarât pas ne changeait rien à l'affaire. Que la mère fût totalement effrayée par la naissance à venir n'enlevait rien au miracle.

Mareike continua de fréquenter le groupe, qui se montra d'une bienveillance et d'une ouverture d'esprit remarquables. Après que la grossesse sembla indiscutable, il y eut bien un questionnement, les hommes et les trois autres femmes s'observèrent, cherchèrent le loup. Des bains, Mareike en avait eu d'autres, pas qu'avec moi. Quelques-uns comprirent qu'ils n'avaient pas été les seuls, que Mareike avait bien caché son jeu, mais elle n'en devenait que plus sympathique.

J'avais trompé Käthe, ce n'était pas le plus grave. J'avais osé coucher avec une scientifique. Je priais pour que l'enfant devînt vite très intelligent.

La famille d'accueil fut vite trouvée, dans le plus grand secret. Käthe s'occupa en personne des démarches. Nous rencontrâmes ce couple sans enfants, des fidèles du Parti, dans un village loin de Berlin. Je n'avais aucune utilité, si ce n'était accompagner Käthe. À son habitude, en mission elle ne s'embarrassait de rien et, à peine les amabilités faites (« je vais vous chauffer du café », avait dit la femme), elle attaqua bille en tête :

— Cet enfant est un enfant du Parti. Ne cherchez jamais à savoir qui sont ses parents. Cet enfant n'est pas le vôtre, et ne le sera jamais. Mais pour vos voisins, il sera de vous. Je vous demande de l'élever correctement, de le laisser travailler, et ne pas l'importuner avec les travaux des champs. Vous serez indemnisés pour cela.

Les deux paysans se regardèrent et n'osèrent plus bouger. Les tasses de café restèrent là où elles étaient. Même l'homme, qui avait dû en voir d'autres, se fit tout petit. Ils étaient tétanisés par ce qui leur arrivait, et par ce drôle d'ange Gabriel qui continuait de distiller ses consignes.

— Chaque début septembre, vous l'amènerez à Berlin pour des tests. Vous serez discrets, et direz au village que vous allez voir des parents. Chaque mois, quand il sera en âge de lire, vous recevrez des livres qu'il faudra lui donner. Si vous avez le moindre souci avec cet enfant, vous contacterez cet homme – elle me désigna – qui saura vous guider. Il pourra même venir quelques jours pour vous aider. Mettez-le chez l'instituteur dès ses deux ans.

— Si tôt ? osa la femme.

— Oui, dès ses deux ans, confirma Käthe. Et si on vous dit qu'il est savant, ne répondez rien, dites simplement que c'est bien une chance, et qu'il tient peut-être de votre grand-oncle qui a été comptable chez Krupp.

Là encore, les deux se cherchèrent du regard. Ils me regardèrent aussi, comme si je pouvais les aider. En pure perte. Je n'étais que l'officiant. C'était Käthe qui organisait les choses, c'était elle qui en possédait la dramaturgie :

— Dans quinze jours, vous partirez, camarade travailleuse, pour Berlin. Vous direz qu'une vieille parente a besoin de vous, qu'elle est sur le point de défaillir, et que c'est bien dommage, car vous attendez un heureux événement et que bientôt vous ne lui serez plus d'une grande aide. Vous reviendrez quand l'enfant sera né.

— Et si l'enfant ne me ressemble pas ?

— Il vous ressemblera. Les enfants ressemblent toujours à leurs parents.

Käthe laissa alors une liasse de billets sur la table. Le mari nous raccompagna jusqu'au seuil de la maison et dit à Käthe :

— Ne vous inquiétez pas, nous saurons l'aimer.

— Je ne vous demande pas de l'aimer. Contentez-vous de l'élever. Au revoir, camarade.

Käthe fut glaciale juste après. Je ne savais si elle avait deviné pour Mareike et moi, ou si elle recherchait une caution pour ce qu'elle échafaudait et qu'elle me trouvait particulièrement inutile. Nous utilisions le car, elle ne voulait pas mêler les chauffeurs du ministère à cette visite. Je regardai longtemps le paysage et, dans ma tête, fis l'inventaire de ce qu'il restait à reconstruire. Une liste interminable. Berlin était encore à terre, mais ces campagnes ne valaient pas mieux, la nature avait du mal à reprendre le dessus, partout ce n'étaient qu'abris assemblés à la va-vite, du temporaire et des rafistolages qui allaient durer longtemps, des hommes au bord des chemins qui semblaient perdus, dont on peinait à dire ce à quoi ils étaient occupés. Käthe revint à moi.

— Ils ont l'air sérieux, non ? me demanda-t-elle.

Cela ne lui ressemblait pas. Je souris.

— Oui, répondis-je simplement. On peut s'y fier, j'ai pris mes renseignements, ne t'inquiète pas.

Käthe resta fébrile. Elle ne cessait de remuer sur son siège et regardait, désemparée, les gens dehors, comme si elle eût traversé un rêve. Elle enchaîna :

— Tu crois qu'on fait bien ?

Je ne savais quoi répondre. Je n'en savais rien. J'étais en tout cas content qu'elle se posât la question.

À la naissance, le petit garçon fut immédiatement enlevé à Mareike. Ce fut une période pénible. La belle nageuse me rendit visite plusieurs fois avec des pensées sombres, et j'eus le sentiment de la raisonner. Je la revis alors plus détendue, comme si l'enfant n'eût jamais existé. Puis les idées noires, le remords surgirent de plus belle. En bon commissaire, je tins Käthe informée de tous ces revirements. Mareike fut écartée du groupe, envoyée à Moscou, et ne réapparut que quand nous fûmes sûrs qu'elle avait accepté la situation.

Je continuais de voir Liz de temps à autre. Les dossiers de reconstruction s'éternisaient. Elle prenait toujours des nouvelles de Käthe. Cela me mettait mal à l'aise. Il n'y avait là rien de naturel, elle se forçait à le faire, j'aurais dû l'en empêcher, elle ne méritait pas de s'abaisser de la sorte. Au lieu d'éluder ses questions, j'aurais pu lui mentir, lui dire que c'était fini avec Käthe ou proche de l'être, ou l'embrasser, c'était peut-être ce qu'elle attendait.

À moins que ce ne fût pour me tourmenter et se venger. Je lui demandais à mon tour si elle se faisait des amis, elle me répondait que non, et c'était incompréhensible de savoir cette femme si belle encore seule à Berlin. Je ne pouvais m'empêcher d'en éprouver de la joie, et redoutais l'instant où elle m'annoncerait avoir rencontré quelqu'un.

Un jour, elle me tendit, très contente d'elle, un paquet emballé de papier de soie. « Un cadeau pour votre femme. » Elle m'en fit le détail : des bas, du rouge à lèvres, un parfum. Des marques américaines qu'elle était fière de me citer. À mon air égaré, elle m'annonça que tout ceci venait de la Cinquième Avenue de

New York. Acheté lors de son dernier voyage. « Cela lui plaira, vous savez ! Cela plaît à tout le monde ! » Puis réalisa, je crois. Je la pris par le bras, nous ne dîmes plus rien de tout l'après-midi.

Quatre naissances se succédèrent dans le groupe en 1955, des enfants vite écartés des parents. Cela serait le schéma classique. Un enfant soigné comme un roi, tellement heureux au milieu de ses nouveaux amis qu'il ne voudrait plus rentrer.

Et quand il revenait à la maison, les parents ne le reconnaissaient pas, dans son uniforme impeccablement coupé, ses chaussures orthopédiques en beau cuir. Un enfant indiscutablement lumineux, d'une maturité inouïe, parfaitement soigné, les dents bien alignées, la colonne droite. Il se souvenait à peine du prénom de ses parents, mais avait un beau livre ou une pièce de porcelaine à leur offrir, cadeau de la RDA aux parents patients. Les moins chanceux se contenteraient d'une carte de Noël. Une carte si froide – jamais un petit dessin, jamais autre chose que cette formule vide : «Chers parents, recevez mes meilleurs baisers» – qu'elle ne suscitait rien chez eux. Une carte qui leur ferait haïr cette période de fin d'année, et dont ils viendraient à souhaiter qu'elle n'eût jamais été écrite de la main de leur enfant.

L'URSS continuait de nous ponctionner pour son programme militaire au nom de l'aide entre pays frères. L'Ouest nous pillait davantage, et c'étaient des pans entiers qui disparaissaient ainsi. Käthe comprit vite le déséquilibre profond qui se créait, et mit en place un programme de détection dans toutes les écoles de l'Allemagne de l'Est. Les gamins étaient suivis quelques mois, puis, pour les plus brillants, rapatriés sur le centre. Les familles se battaient pour intégrer leurs rejetons aux sélections, mais Käthe restait d'une exigence extrême, et beaucoup d'espoirs furent déçus.

Je l'ai dit, tout cela démarra dans un esprit sain, et ne se mit en œuvre que pour le bien de la nation et le développement de son élite, et même si ce système s'embarrassait peu des velléités des parents, et montrait même une certaine sauvagerie, à l'aune d'une guerre qui avait fracassé tant de gens et envoyé en première ligne des milliers de jeunes cela restait acceptable et cohérent.

Je vécus toutes ces années sans réfléchir. Me félicitant même du progrès des recrutements. Aspiré par Käthe. Content pour elle, sa marche forcée et ses succès dans les sphères de l'État. Tout cela me profitait. Tout cela avait un prix.

Depuis Rügen, nous vivions un amour sans grand enfièvrement. La guerre nous avait sans doute privés de nos meilleurs mois, et d'un vrai début. L'audace et la force, je les avais à cette époque. Et Käthe n'était qu'une jeune fille insondable, au mauvais caractère, et seulement ça. Nous partagions la clandestinité, et il y avait cette excitation, et ce mystère. La peur aussi, l'immense terreur de n'être plus là le lendemain, pourtant l'acceptation de ce destin, la certitude, eût-on dû être frappés, que c'était le moment, et qu'il n'y en aurait pas de meilleur. Nous rêvions de temps puissants, lumineux et infinis, et ils justifiaient tous les risques. Il n'y eut pas un jour sans que nous soyons traversés par ces émotions, presque heureux de ce que nous vivions, dans la sauvagerie et la désespérance d'une ville qui s'écroulait. Il y avait alors le ferment pour entrouvrir une histoire, la tension parfaite pour une première nuit. Mais cette nuit ne s'était pas présentée.

À Rügen, je repris espoir. La blancheur de cette île, ses champs de soleil uniquement traversés d'ombres douces, les plages immenses qui alanguissaient la vie et lui donnaient des airs d'éternité me rendirent confiant. Nous y vécûmes bien, mais ce ne furent que vacances. De retour à Berlin, tout se voila.

Käthe était pourtant resplendissante, peut-être n'avait-elle jamais été ainsi. Je l'aimais. Je l'aimais comme elle souhaitait être aimée, un peu de loin. En respectant son sacerdoce, et tous les interdits qui l'accompagnaient. Un exercice difficile où il convenait d'être juste, de ne jamais trop en dire ni en faire. Éviter les sentiments évidents, ne pas s'égarer, elle portait une telle exigence. Je l'observais tant que je pouvais, ça je pouvais encore le faire, j'y étais autorisé. Des temps de pause éphémères : elle allait vite, et s'éloignait. Elle s'enfuyait dans son projet, et me perdait. Je me raccrochais à l'idée d'être encore son compagnon. J'en devinais les efforts à venir.

Je la trompai à quelques reprises, sans savoir pourquoi ; je n'en retirais aucun plaisir, était-ce pour me rassurer, je n'aurais su dire. C'était d'autant plus inexplicable que Käthe me plaisait sans réserve. J'avais encore des espoirs pour notre couple et, je l'ai dit, j'étais sincèrement amoureux. Peut-être mes coucheries devinaient-elles déjà la fin et voulaient m'y préparer. Elles cessèrent curieusement quand nous nous installâmes davantage, quand, pour tout autre homme, c'eût été le moment.

Nos dossiers avec Liz avaient cessé depuis longtemps, et nous n'allions plus au train américain. Depuis l'épisode du cadeau, je la voyais plus rarement, peut-être deux ou trois fois l'an, et encore. Je lui rendais visite dans son bel appartement à Berlin-Ouest. C'étaient des journées qui continuaient de m'habiter longtemps à l'avance, que je préférais annuler si je n'étais pas au mieux de ma forme. Je n'aimais pas y aller en uniforme, mais c'était souvent ma tenue la moins défraîchie. La nuit précédant notre rencontre était interminable, et je partais au petit jour, enfin libéré, dans une excitation d'enfant.

Mes fonctions m'autorisaient à me rendre à l'Ouest autant que je le voulais. Sans être suivi. Le Parti me faisait confiance, et mes sources aux renseignements n'avaient jamais rien identifié contre moi. Comme une hygiène intime, je leur demandais régulièrement de tout creuser, et trouvais de nouvelles taupes à qui je faisais explorer les galeries des autres. Puis commandais aux premiers de vérifier la fiabilité des nouveaux venus. Ainsi, je ne pouvais qu'être averti au moindre soupçon sur ma personne.

Liz restait célibataire. Elle plaisantait sur ce *date* qui n'arrivait pas, malgré ses efforts. Je m'en amusais avec elle, et la moquais là-dessus. Je lui disais qu'elle était trop *posh*, qu'elle effrayait sûrement les hommes. Elle se fâchait gentiment, me demandait en quoi je la trouvais snob. Fallait-il avoir les manières d'une bolchevik pour trouver un homme dans ce pays ? Elle égrenait alors le chapelet de grossièretés qu'elle avait apprises depuis qu'elle était à Berlin, multipliait grimaces et rots, en me disant : « Et ça, c'est *posh* peut-être ? »

J'étais content de connaître cette femme. La savoir présente, même si je ne la voyais que rarement. Elle vivait dans cette partie de la ville qui m'échappait, et m'intriguait chaque fois davantage.

Berlin se reconstruisait de façon si différente, deux lobes contrastés. Qu'y avait-il désormais de commun entre ce centre grouillant et compliqué, qu'ils échafaudaient, et nos grandes avenues ? L'Ouest, c'était une saturation, celle des couleurs d'abord. Tous ces feux et néons qui peuplaient leur nuit. Et leurs jours, à l'avenant, avec des lumières encore, des placards de publicité qui poussaient dans la ville. En contraste, nos teintes paraissaient naturelles ou ennuyeuses, c'était selon. Ces couleurs ne semblaient pas nées de la même matrice. Et s'il n'y avait eu qu'elles ! Leur espace ne cessait de se remplir, dans une surenchère infernale. Les aliments, la viande surtout, barbaque étalée, à la déraison. L'Ouest braillait à qui mieux mieux. Un cri d'existence perdu dans d'autres cris, une démesure qui vous saisissait dès qu'on passait la ligne. Jusqu'à l'air bouché et parfois moite de l'ouest, quand il faisait frais, d'un vif piquant qu'on aurait aimé plus doux, dans nos artères et nos parcs. Nous construisions chacun un nouveau Berlin.

Nos architectes faisaient un beau travail, j'aimais leur idée de la vie. Leurs grandes lignes nous sortaient des méandres et des maudites cours intérieures qui n'avaient rien donné de bon. Ils bâtissaient une ville saine, honnête, qui se suffisait à elle-même et n'avait nul besoin des éclairages forcés de l'Ouest. Ils nous offraient des parcs à perte de vue, qui disaient honneur et patrie. Des parcs parfois un peu tristes, car notre terre n'oubliait pas et s'apprêtait à souffrir encore face à l'illusion des autres : leur hémisphère ne cessait de s'enfler, et paraissait avoir tout oublié des leçons de la guerre.

Liz était mon guide dans ce nouveau monde, elle m'empêchait de totalement le détester. Elle faisait mieux que cela, elle m'en donnait parfois l'envie, un désir inavouable, une soif d'en profiter moi aussi, de m'y laisser couler comme ces hommes et ces femmes qui semblaient n'avoir jamais rêvé d'autre chose.

Parfois, je regardais Käthe danser. Elle s'était aménagé dans son appartement un tout petit recoin, équipé d'une barre fixe et de miroirs. C'était émouvant de voir son corps se plier aux exercices. Elle improvisait ses propres pas sur des pièces françaises assez datées (« surtout pas de ballet russe ! »), ça n'avait rien d'évident, on sentait l'effort contre le corps. Je ne savais pas ce qu'elle recherchait dans des pauses qu'elle tenait longtemps, les yeux totalement perdus, abandonnés. De temps à autre, sa musculature, c'était visible, arrivait enfin à se relâcher dans de tout petits remous, j'en étais content pour elle, sans savoir si c'était ce qu'elle espérait.

Cela fait partie des moments que je ne pourrai jamais renier. Des instants de pur bonheur, intacts, qui constituent une vie, assez puissants pour ne rien appeler d'autre, et ne souffrir aucun bémol. Des instants qui ne s'entachent pas du reste. Se dire qu'on a vécu aussi pour eux et, à défaut d'en être fier, en être rasséréné.

Je revois aussi mes promenades avec elle, ces heures sauvées où nous profitions des parcs de la République, et de leur brume qui traversait les saisons.

Des promenades dont nous sortions souvent gelés, mais où nous retrouvions légèreté. Elles me réconfortaient, et me permettaient de regarder Käthe comme avant. Souvent, quand nous faisions nos marches, elle était déjà en uniforme, sanglée, mais il lui restait une décontraction qui m'étonnait et m'amusait.

Nous avions tôt abandonné l'idée de vivre ensemble. Nous bénéficiions chacun d'un logement décent, et rien ne disait que le Parti nous en offrirait un plus beau, si nous nous mettions en ménage. Nos moments se passaient chez elle. Mis à part son petit carré de danse, le reste de son appartement était encombré de dossiers, et empestait le cigare, sa nouvelle lubie. Mais il était bien chauffé, et après l'amour on pouvait aller fumer nus sans craindre la pneumonie dans la toute petite véranda, qui donnait au-dessus du puits de ventilation. Je n'allais jamais chez Käthe sans y être invité, et certains samedis soir je n'étais pas invité. Nous nous retrouvions alors le dimanche en fin d'après-midi pour un thé. Je me surprends à être un peu cynique, j'allais pourtant chez elle avec plaisir, et quand, ma foi, ce n'était pas possible, je ne cherchais pas à savoir pourquoi et me contentais d'une virée sur la Wilhelmplatz.

Nous avions également abandonné l'idée d'avoir un enfant. Comme s'il y eût des choses bien plus grandes à mettre au monde. Je n'avais pas la détermination de Käthe, et à quelques reprises je revins sur la question, sans parvenir à rien, à l'agacer seulement. Il y eut forcément un temps où cela aurait été possible, je n'arrivais pas à imaginer le contraire. Quelques mois, alors qu'elle était cette toute jeune femme sortie de la guerre, qu'elle n'était pas encore pleine de son programme.

Durant toutes ces années, il n'y eut guère de violence, aucun mot définitif, pas de retrouvailles épiques non plus. Un amour qui restait toutefois inachevé, presque étranger. Il demeurait, et je pense qu'elle le ressentait comme moi, ce voile, toujours, et en tout lieu. Un voile que nous ne pouvions nommer, que je retrouvais quand je n'étais pas convié chez elle, quand nous faisions l'amour, une tension, presque une méchanceté qui ne disait son nom.

Le corps de Käthe m'échappait. Je l'appréhendais avec peine. J'en voyais toujours la beauté, il s'était même adouci, mais il me battait froid. Ses seins, son bassin serré, cette respiration contenue, tout transpirait une insolence nouvelle qui refusait toute complicité, et disait ce que je ne voulais pas entendre. Son regard pendant l'amour ne s'abandonnait plus, elle me fixait, et je ne savais jamais si je la contentais assez, si elle attendait mieux, si elle connaissait mieux. Elle abrégeait les séances avec une cigarette, se redressait alors sur le lit, feuilletait un livre ou un dossier, et me demandait d'aller me laver. Elle mettait la radio et, quand j'étais propre, venait nue me retrouver dans sa petite véranda où elle m'offrait une Palmyre et en reprenait une. Elle ne parlait pas, et jamais ne me dit qu'elle m'aimait. Une fois peut-être, elle me caressa le dos pendant que je terminais de fumer.

Je crois qu'elle se fit avorter deux fois. La première, j'en mettrais ma main à couper. Elle eut plusieurs jours un air apeuré de jeune fille totalement inhabituel. Puis disparut une petite semaine, et ne «m'invita» qu'au bout d'un bon mois. La deuxième, j'en suis moins sûr.

En 1959, elle tomba enceinte. Elle me l'annonça très vite. Me dit que l'enfant n'était sûrement pas de moi. Que cela ne changeait rien, nous allions continuer de nous voir. Jamais elle ne demanda si j'étais d'accord, et elle eut raison : cela ne changea rien. C'était une surprise énorme. Pas qu'elle eût couché avec un autre homme, qu'elle voulût garder cet enfant. Je ne m'offusquai pas, et ne voulus pas savoir ce qui la motivait. Elle me laissa la prendre jusqu'à ce que son ventre fût bien gros. Je n'en tirai aucune joie ni aucune peine particulière. Je me souviens juste d'une fois où, après qu'elle eut joui, le bébé bougea fortement. On voyait les coups de pied à l'œil nu. Käthe me prit la main, la posa sur le ventre et me dit :

— Sens-le ! Il est content.

Puis, ayant réalisé la situation, elle chuchota :

— Pardonne-moi.

Je crois que je ne l'ai jamais autant aimée qu'en cet instant.

La naissance fut transparente pour notre vie. Elle garda le bébé chez elle jusqu'à l'âge de ses trois ans, puis lui fit rejoindre la Caserne des mathématiques et des sciences. Käthe vint plus fréquemment chez moi, et ne m'imposa jamais sa fille – je ne crois pas avoir une fois pensé que c'était peut-être la mienne – que je ne vis pour ainsi dire jamais. Notre couple allait bien, mieux peut-être. Käthe avait de vrais égards pour moi. Je restais, et elle semblait m'en être reconnaissante. Mainte fois elle m'avait reproché mon manque d'engagement politique («bon Dieu, Gerd, sers-toi de tes couilles»), là elle paraissait rassurée de me voir endosser sans broncher l'habit du mari trompé. Plus aimable dans nos fonctions officielles, plus gentille en privé. Je ne lui en voulais pas et profitais sincèrement de sa meilleure humeur. Je restais son compagnon.

Je repris un peu de mon indépendance vis-à-vis de Käthe quand ses manœuvres devinrent démesurées. Je n'avais pas le sentiment de la trahir, ni Ulbricht, ni la RDA. Je voulais juste atténuer la rudesse de ses agissements, en être une face plus humaine. J'adhérais au cadre qu'elle avait dicté, à la justesse de ses vues, mais supportais de plus en plus mal les surveillances, les éloignements, et tous les secrets qu'il y avait autour de ses projets. J'étais peut-être le lâche qu'elle avait tôt identifié, un homme incapable de choisir, pinaillant contre l'intérêt de la patrie, certainement trop faible, trop commun pour elle, qu'eût-elle fait avec un homme d'une autre trempe, qui l'eût vraiment soutenue ? Je commençai doucement, en lui désobéissant.

Mareike revint à moi. De nouveau enceinte, elle souhaitait revoir son fils, « son petit Dietrich ». Le père du second enfant n'avait rien d'un scientifique, c'était un artificier de l'armée, prisonnier de guerre des Soviétiques, revenu de camp quelques mois plus tôt. Il travaillait comme appariteur dans le laboratoire de Mareike. J'étais le premier à qui elle en parlait. Elle connaissait mes liens avec Käthe, il lui fallait une grande foi dans l'âme humaine pour penser que je ne lui en dirais rien. Une grande foi, ou la certitude que j'avais de bonnes raisons de me taire. Elle souhaitait s'installer avec l'appariteur, lui faire profiter de son logement, lui qui était encore en baraquement avec les autres gars revenus du front russe. Et tant qu'à faire, elle voulait retrouver Dietrich. Aucune référence à notre matinée dans les dunes. Pas de chantage. Elle me faisait confiance.

J'organisai ces rencontres. Mareike m'accompagnait à la campagne. J'allais dans la famille, emmenais Dietrich boire une limonade dans le village voisin. Puis m'arrêtais au lavoir. L'après-midi, il n'y avait personne, c'était un coin tranquille. Mareike nous attendait là. Le petit ne comprenait pas qui était cette femme, mais les rencontres se passaient bien. Elles duraient une heure. Une petite heure pour toute une journée de transport depuis Berlin. On se levait à cinq heures pour prendre le premier car, et on ne rentrait que tard le soir. Elle lui achetait des jouets qu'on ne trouvait qu'à Berlin, comme ces petits cyclistes en plomb, qu'il promettait de cacher quand il retournerait à la ferme. Mareike me remerciait, disait reprendre goût à la vie. Parfois nous mangions à la gare routière, et elle revivait sa journée.

— Il est beau, n'est-ce pas ? Je trouve qu'il grandit en ce moment.

Je ne savais jamais qui elle regardait alors. Le bon camarade qui venait de l'accompagner, ou l'homme des dunes ? Je me contentais d'acquiescer, ou de rester dans des banalités. Quand c'était trop dur, je me laissais distraire par l'activité de cette cantine, et j'observais les deux cuisiniers pressés d'en finir, alors que leurs clients, chauffeurs et mécanos du coin, ne cessaient d'arriver.

Moi aussi, j'aimais ces après-midi, je les attendais au plus loin de la semaine, mais je n'osais lui dire. Je m'étais attaché à ce gamin, gentil et docile. Nous parlions un peu sur le chemin du lavoir. Aucune impatience chez lui, il profitait du temps, de la sortie, sans rien exagérer. Comme s'il eût déjà beaucoup vécu. Dietrich était là pour nous, et ne montrait aucune rancœur quand nous manquions un rendez-vous, comme s'il eût voulu éviter toute peine à cette femme qui venait le voir, parfois un peu triste quand nous nous quittions, l'heure passée.

Ma jambe commençait à m'élancer lors de ces soirées. Elle m'avait laissé tranquille pendant des années, mais je sentais désormais, à l'endroit précis où la balle m'avait cisaillé, une douleur profonde, pas plus large qu'une pièce de cinq marks qui me forait la cuisse. Mareike parlait, encore. Je l'écoutais à peine, ma tête toute à l'enfant, et à cette blessure qui se rappelait à moi.

Une fois seulement, j'eus le courage de bredouiller un « Mareike, le père de Dietrich, c'est… ? », mais elle me coupa en posant ses longs doigts sur ma bouche.

— Qu'importe. Ce n'est pas grave, ce n'est rien. L'important, c'est l'enfant.

Elle enchaîna en souriant :

— Tu as vu combien il a aimé son cadeau ? Je ne me suis pas trompée. Je savais que cela lui plairait. Il pourra jouer avec ses camarades. Il m'a dit qu'il avait deux bons amis.

La salle faisait d'un coup silence, quand les derniers à s'être installés recevaient leur plat. C'était le moment dangereux. Celui où Mareike s'égarait dans ses pensées.

Elle perdait patience, et ne comprenait plus pourquoi elle restait séparée de son enfant. C'était vrai qu'il n'y avait rien de naturel à cela. Elle me demandait de trouver une solution, avec davantage d'insistance chaque semaine. Je n'en avais pas des solutions, je lui disais : « Tu sais bien, c'est comme ça », et j'insistais : « C'est déjà bien ainsi, tu le vois souvent. Tu peux le voir autant que tu veux, je t'emmènerai à chaque fois, je peux même essayer de trouver une voiture, si tu veux », mais cela ne suffisait plus. Son regard m'inquiétait, il semblait prêt à tant de choses.

Je la dénonçai à Käthe.

Pour éviter je ne sais quel drame.

Avec deux jours de retard : Mareike et son nouvel ami avaient déjà rejoint le secteur américain. C'était un an avant le Mur, on ne passait plus la frontière si facilement, il fallait des papiers, mais cela restait faisable pour des gens motivés. Je convainquis Mareike que c'était la meilleure solution si elle voulait vivre comme elle l'entendait, sans être sous la coupe de Käthe. Elle ne résista pas trop, comme si elle eût réfléchi à l'affaire depuis bien longtemps. Je préparai la fuite avec Liz qui les hébergerait, dès qu'ils en auraient fini avec le contre-espionnage américain.

Je promis que Dietrich la suivrait vite, mais je ne tins pas parole. Il fut déplacé dans une autre famille, dans un village encore plus perdu. Je fis quelques fois le voyage. Il était habitué à ma présence, nous continuions à aller boire des limonades. Il prit une seule fois des nouvelles de cette femme qui venait le voir, et qui disait être sa mère. Il me plaisait bien. Mais il aurait été difficile de dire qu'il me ressemblait. Quelques mois après, il rejoignit la Caserne des mathématiques et des sciences.

Liz m'appela les premiers jours du Mur comme s'il devenait urgent de nous voir, de sceller notre amitié. Il lui fallait savoir si j'étais devenu fou moi aussi. Vérifier que je n'avais pas changé, et que je restais son ami. Elle me demanda combien de temps j'avais à lui accorder. Juste l'après-midi ? il ne fallait donc pas tarder. Nous nous assîmes dans sa cuisine et parlâmes de tout, ce qui était important pour nous, ce que nous n'avions jamais dit à personne, comme si Berlin allait être ensevelie le lendemain. Nous étions en nage, nous nous tenions les mains posées sur la table, et sans fatigue, sans impatience aucune, nous soulagions nos âmes et nos peurs.

Son corps ne m'eût pas davantage comblé. J'étais heureux. Le soir, je me promenai longtemps, pas pressé de rentrer. On entendait les bruits de pelleteuses et de chantiers qui allaient durer des mois, jour et nuit. On entendait des cris dans la nuit. Des rires, des hurlements aussi. Des vies qui s'arrêtaient, d'autres qui continuaient.

À partir de décembre 1961, nous nous vîmes de façon plus régulière. Les formalités devenaient longues, mais il nous était toujours possible de passer la frontière, l'un comme l'autre. Des sorties assez verrouillées, précises dans leurs horaires et leurs motifs. On s'arrangeait quand même. Elle nous appelait les « amoureux de la cuisine ». Nos rencontres chez elle, ou très rarement chez moi, se passaient là. Autour d'un café américain que nous ne cessions de faire réchauffer. Nous étions élégants, bien parfumés. Nous aurions pu sortir, ou enfin décider de coucher ensemble, je crois que nous en gardions le léger fantasme, mais nous avions peu de temps. Nous préférions parler, purger l'excitation de ces rendez-vous, profiter, car les après-midi sont courts l'hiver à Berlin. Je ne fus jamais déçu. Je retrouvai à chaque fois l'Américaine que j'avais en tête, et dont je n'arrivais à me défaire. Et avec elle, New York, Boston, et toute cette côte Est, si sophistiquée, des images de films brusquement arrêtées quand la guerre avait commencé. Jamais je ne me dis : « Elle a vieilli, elle est moins jolie qu'à l'accoutumée. » C'était une actrice qui ne me décevait pas, je l'observais avec plaisir dans chacun de ses rôles, dans les multiples variations d'une femme libre d'attache, qui n'avait pas à endosser la faute, ni la souffrance de Berlin, qui n'avait même pas à la reconstruire.

Elle était là pour raconter un autre monde, qui n'avait rien à voir avec la guerre, un monde de côtes escarpées, de landes et d'ajoncs, un monde de grandes métropoles aussi, qu'elle me faisait survoler. Ces histoires, elle me les racontait d'abord en allemand, et j'adorais sa voix un peu inquiète, qu'on aurait dite faite depuis toujours pour notre langue, et quand la dramatique des métropoles se nouait, qu'elle m'en disait l'immensité, les crimes et les bas-fonds, elle repassait à l'anglais, dans une voix plus troublée encore, comme une radio dans la nuit.

La Caserne était à l'angle des rues Alt-Stralau et Jollensegler. Et n'était ainsi séparée du Mur que de quatre cents mètres. Son parc donnait sur la zone interdite. Grillagé de très haut afin d'éviter aux enfants tout franchissement, par jeu. Dans cette hypothèse, ils se seraient heurtés à une autre grille encore plus imposante qu'on ne pouvait voir de la Caserne. Le risque était faible, et personne n'allait dans ce coin. Les enfants, suffisamment choyés pour n'avoir aucune envie d'ailleurs, étaient encore jeunes, et aucune idée contre-révolutionnaire n'abîmait leur esprit.

Le fonctionnement de la Caserne coûtait une fortune, et il fallait toute la hargne, l'intime conviction de Käthe pour la préserver. Ce lieu restait secret. La façade extérieure n'en laissait rien deviner. Quand Ulbricht, un des seuls véritablement au courant, voulut y intégrer des fils et filles de cadres du Parti, Käthe lui dit que ce n'était pas souhaitable, ce centre ne saurait être gangrené par des enfants sans qualité.

Ces pensionnaires étaient appelés aux prix Lénine de mathématiques ou de physique, ils iraient narguer les nobels. Le Parti compterait bientôt sur eux pour créer fusées et missiles, ou décortiquer le cerveau humain. Le niveau, régulièrement mesuré et comparé à d'autres écoles de la nation, était prodigieux. L'émulation permanente, les professeurs encasernés, aux soins absolus, redevables du progrès de leurs classes. Les quelques cas difficiles qui auraient nui à l'équilibre de cette communauté, échecs scolaires, rébellion, éliminés. Transférés bien loin de Berlin afin que la Caserne ne fût jamais évoquée, ou – dussent-ils parler – que cela n'eût aucune espèce d'importance.

Les enfants sortaient rarement et, quand ils le faisaient, c'était en petits groupes, bien encadrés. Ils étaient tenus au plus grand secret, et pour les plus âgés, quand le besoin de l'extérieur, de voir d'autres jeunes, devenait difficile à empêcher, ils étaient dotés d'une identité nouvelle, d'un métier qu'ils n'accompliraient jamais, mais qui donnait le change à l'occasion des rares rencontres qu'on les autorisait à faire, au sport ou au théâtre. On leur faisait croire que leur vie était en danger, qu'on voudrait les supprimer – Qui ? Les impérialistes, ceux de l'autre côté – si d'aventure on connaissait leur véritable identité. Ils devenaient ainsi menuisiers, mécaniciens, couturières. On poussait le vice jusqu'à les former, leur demander de signaler tout intérêt suspect à leur personne. Et ils le faisaient.

Parfois, quand ma blessure m'élançait trop et que je ne pouvais que marcher un peu pour oublier cette douleur qui enflait de mois en mois et irradiait toute la jambe et le bassin, j'allais à la Caserne et j'espionnais les sorties des enfants. Je m'entourais d'infinies précautions. Je savais comment se comportaient les gardes, et les gardes des gardes, et je me faufilais dans ce treillis. Les enfants avaient l'air heureux, aussi heureux que ceux de leur âge, impatients de crapahuter, de shooter dans les cailloux et de jurer comme des charretiers. Dietrich sortait souvent, c'était un beau garçon, qui semblait plus réservé que ses camarades. Il restait près de ses tuteurs. Les interrogeait avec un beau regard, la tête bien tendue vers eux, en attendant fixement leurs réponses. Il ne me ressemblait toujours pas, pourtant j'avais le souvenir que je regardais ainsi mes professeurs.

Malgré toute ma défiance, et mon dégoût parfois, j'étais de plus en plus fasciné par ce Berlin-Ouest, sûr de lui, arrogant au possible, désormais si prompt à se relever. J'en voyais tous les laissés-pour-compte, je les repérais mieux que quiconque, ces hommes et femmes sacrifiés parce qu'ils n'arrivaient pas à suivre le rythme, ou simplement parce qu'il fallait des perdants. Il y en avait sur chaque trottoir. J'avais beau me convaincre que cette société était viciée et qu'elle ne faisait qu'attiser le drame prochain en laissant ainsi ses pauvres à la rue quand elle gâtait ses riches au-delà de toute raison, je retombais en enfance sur ces grands boulevards ressortis de terre de tous leurs feux, avec leurs beaux lampadaires, le dais des hôtels et les vitrines bien garnies.

Le force d'attraction de l'Ouest s'instillait au plus profond des êtres, elle flattait toutes les envies, celles qu'on pouvait comprendre, et les plus basses aussi. Un suc vite nécessaire, impérieux, une drogue dans tous ses plaisirs, et l'abattement qui s'ensuivait. Il fallait être fort, penser loin et collectif, et pour lui résister garder en mémoire tant de choses dont on ne voulait plus. Et quand le mal était fait, qu'on avait commencé à y goûter, seule la contrainte permettait de s'en sevrer.

C'était l'effort que je faisais, comme un pénitent. De retour de mes incursions, je reprenais corps avec mon camp, je rendais grâce à Käthe de ne jamais abdiquer – c'étaient des semaines où je lui faisais l'amour plein d'admiration et de reconnaissance, apaisé de beaucoup de doutes, je ne savais si elle s'en rendait compte –, je me démenais au ministère et regardais dans la rue ces gens pour qui je m'étais battu. Sous cette lumière d'Orient, j'arrivais à me convaincre qu'on y construisait une vie plus raisonnable, qui serait encore là quand les autres seraient de nouveau à feu et à sang.

Avec Liz, nous nous rendions des services. Elle avait besoin de nouvelles de gens restés en RDA, me confiait des lettres de proches à leur remettre. Des courriers où on ne regrettait pas d'avoir fui en Allemagne de l'Ouest ou en Amérique, qui contenaient de l'argent pour payer les passeurs, des courriers impatients, parfois résignés. Je ne les lisais pas, mais j'imaginais ce qu'ils pouvaient dire. Moi, je l'interrogeais sur des scientifiques transfuges, afin de comprendre s'il fallait espérer leur retour. Nous leur communiquions des lettres signées d'Ulbricht. Elles indiquaient qu'aucune charge ne serait retenue, que nous étions prêts à les gâter plus qu'à l'Ouest – vaine promesse –, elles annonçaient médailles et honneur et, si on les lisait bien, dessinaient aussi ce dont nous étions capables vis-à-vis de ceux qu'ils avaient abandonnés.

Nous nous acquittions de nos missions comme si elles étaient sacrées. Jamais je n'avais trahi Liz, jamais déchiré une lettre, même quand je devinais qu'elle amorçait une nouvelle fuite. Et j'étais sûr que Liz faisait de même. Sans manquer à notre cause, nous aménagions un peu le présent. Nous étions des diplomates qui veillions à maintenir quelques fils entre les deux Allemagnes. Et aurions pu chacun montrer, avec la même mauvaise foi, combien notre camp sortait gagnant de ces arrangements.

Je finis par évoquer à Käthe ces menues activités sans nommer Liz. Je profitai d'une belle information que je venais de glaner. Käthe était à sa barre, elle souffrait comme d'habitude, j'étais satisfait de mon ton détaché, presque anecdotique. J'occultai Liz. J'avais « des informateurs », et quand Käthe voulut en savoir plus sur ces personnes j'éludai. Je donnai quelques noms de connaissances de Berlin-Ouest qui m'avaient déjà rendu service. Autant de gages qui me rendaient insoupçonnable, si les choses devaient se compliquer. Käthe ne parut pas surprise, ne m'interrogea pas davantage. Un jour ou deux après, elle me mit pourtant en garde. Elle ne put me dire pourquoi, mais me demanda d'espacer mes visites à l'Ouest. « Laisse passer l'orage », me dit-elle. Je ne sus de quel orage elle parlait, mais je lui fis confiance et décidai de ne plus voir Liz pendant un long moment.

Ce fut une période triste, mais nécessaire. Je ne voulais pas faire courir le moindre risque, ni à Käthe, ni à Liz. Le *U-Bahn*, avant le Mur, reliait mon appartement à celui de Liz en vingt petites minutes. La ligne était encore là, mais le train ne s'arrêtait plus à l'Est. Il continuait de passer et retrouvait Berlin-Ouest quelques stations après. Les soirs d'été, je rentrais à pied du ministère, je croisais la ligne aérienne juste avant d'arriver à l'appartement, on distinguait les gens dans le train. Je regardais toujours. J'espérais apercevoir Liz comme dans une lanterne magique, gaie, sortant s'amuser avec des amis.

Quand je revis Liz, elle était inquiète. Ou plutôt gênée. Elle avait une faveur à me demander « qui allait être différente », « je pouvais refuser », « elle ne s'en offusquerait pas ». Elle continua en disant que nous devrions peut-être mettre fin à nos intercessions, qu'un jour elles nous fâcheraient, ou nous obligeraient à ne plus nous voir. Alors, elle me demanda de nouveau :

— Êtes-vous sûr ? Ce n'est plus une simple lettre à passer. C'est beaucoup plus délicat. Vous seul…

Je sus tout de suite ce qu'elle allait me demander. J'étais rattrapé par mes promesses foireuses.

— Ne te fatigue pas. C'est au sujet de l'enfant de Mareike, n'est-ce pas ?

— Oui, c'est bien de lui qu'il s'agit, me répondit-elle, soulagée, en me regardant à peine.

La lumière était chaude pour un mois d'hiver, comme elle pouvait l'être parfois à Berlin. Une lumière qui semblait venir de très loin, on l'espérait née de la haute mer, on l'imaginait avoir parcouru toutes ces terres sans dommage, sans rien perdre de sa pureté. Elle traversait de trois quarts la haute fenêtre de la cuisine, et se déversait sur notre table en grands carreaux orangés, découpant nos bras et visages dans d'étranges formes, dans un clair-obscur qui se jouait de nous. Une autre fois nous nous en serions amusés, pas cet après-midi.

— Où est-elle maintenant ? demandai-je.

— Elle est en Californie. Vous lui aviez...

— ... promis que son enfant allait la suivre quelques semaines après. Mais c'était impossible. Tu comprends, Liz, il fallait que je me protège un peu, c'était trop gros. Après le départ de Mareike, la fuite de cet enfant, le Parti serait devenu fou.

Liz me regarda avec un air buté que je ne lui connaissais pas, je continuai :

— Mareike était une de nos toutes meilleures, nous avons déjà eu du mal à l'accepter. Et je m'inclus dedans. Je n'aurais pas dû l'aider à partir. J'aurais dû faire différemment, la renvoyer en URSS, ou lui payer un appartement pour elle et son homme. J'ai choisi la facilité, sans même savoir pourquoi. J'évite d'y penser. Quant à cet enfant, il est spécial. C'est le premier. C'est le symbole de notre reconstruction, de notre avenir.

— Pourquoi lui avez-vous menti alors ? me questionna-t-elle.

N'y tenant plus, elle se leva et retrouva un peu de distance. Nous n'avions jamais vécu une scène aussi pénible.

Je ne sus quoi lui répondre. Pour quelles bonnes ou mauvaises raisons avais-je aidé Mareike à partir ? Je crois avoir eu peur, et garder le petit en RDA m'avait semblé un bon compromis. L'envie de le voir grandir aussi et cela, je ne pouvais l'avouer à personne, pas même à Liz. J'enchaînai pour nous libérer de cette dispute poisseuse :

— Qu'attends-tu de moi aujourd'hui ? L'enfant est dans une structure, sous bonne garde.

Et comme si cela pouvait la rassurer, j'ajoutai :

— Je crois qu'il n'est pas malheureux. Il ne réclame pas sa mère en tout cas. Je ne peux pas le soustraire. Je n'ai plus accès à lui. De toute façon, Mareike le connaît à peine, les seules fois où elle l'a vu c'était avec moi.

— Écoutez, débrouillez-vous maintenant ! me dit-elle, contrariée.

Elle-même en fut presque surprise et se radoucit aussitôt.

— S'il vous plaît. Il n'y a que vous pour nous aider.

La suite de l'après-midi fut poussive. Pour la première fois, nous n'avions qu'une hâte, que la soirée nous séparât bientôt.

Je n'avais pas envie de trahir notre cause, ni de voir partir cet enfant – quand bien même je l'aurais voulu, je n'avais aucune idée de comment l'extraire de la Caserne – mais je ne voulais pas perdre Liz.

L'idée, simple, perça au bout d'une semaine. Le petit allait mourir. Mareike en serait effondrée, mais c'était l'issue la plus avantageuse. On n'engraissait pas les Américains d'une nouvelle prise. Il y aurait bien le chagrin éternel de Mareike, mais elle avait choisi son camp. Dans son laboratoire de Stanford, elle ne nous était plus utile, au contraire. Et avec un peu de chance, elle saurait survivre à l'affreuse nouvelle.

Dietrich Kramm – il portait le nom de sa mère – ne pouvait pas mourir tout de suite. Mais il allait succomber d'une longue maladie. Quand je revis Liz le mois suivant, je lui dis m'occuper de son affaire. Il me faudrait du temps pour le sortir de là où il était.

Durant plusieurs semaines, « le dossier était en cours ». Je lui mentais pour la première fois. C'était peu payer pour me sortir de ce mauvais pas et repartir à neuf dès que l'enfant aurait disparu. L'histoire infusait. Elle s'enrichissait de dates, caches et péripéties. Une fois sorti de sa « structure » (« je ne sais pas encore comment, mais ne t'inquiète pas, je suis sur deux pistes »), le petit passerait à l'Ouest, sous le siège arrière de la voiture diplomatique d'un homme de confiance. Cela devenait précis. Une première tentative de sortie de la Caserne échoua, qui rendit l'histoire crédible. Je redonnai une autre date quelques semaines après, et trouvai enfin une occasion de sortir l'enfant (« une excursion, ils seront peu, on opérera discrètement à l'auberge où ils logent »). La veille, j'annulai : Dietrich avait des complications pulmonaires (réponse de Liz : « Je ne comprends pas, je croyais que vous en preniez soin de vos enfants ! »), rien d'alarmant, mais il devait être hospitalisé. Son admission bien établie sur les registres de l'hôpital de la Charité, avec le nom du spécialiste et de l'infirmière qui le suivaient. Les deux existaient vraiment. Cette dernière n'avait rien à me refuser, elle allait correspondre par lettre avec Mareike et narrer la lente dégradation de l'état du petit.

Au bout de l'attente, je repris le relais et annonçai à Liz et à Mareike que le petit n'avait pas survécu. Dans ses derniers souffles, il m'avait demandé d'embrasser sa mère, « celle qui venait le voir à Mertendorf et qu'il serrait sur son cœur ». Sur la photo de la pierre tombale, on lisait bien « Dietrich Kramm, 1954-1963, avec notre amour éternel » ; un beau marbre qui ne verrait jamais un cimetière.

Ce n'était pas rien de faire mourir un enfant. Comme pour me rassurer, une fois le drame annoncé à Liz, j'allai aux abords de la Caserne voir si le petit était de promenade. Je fus soulagé quand je l'aperçus.

Liz me remercia de mes efforts. C'était une torture de jouer cette comédie, mais Dieu qu'elle avait été facile à monter. Qu'il était simple, à l'abri de ce Mur, de créer des personnages, des documents, des histoires qui donnaient le change. Qu'il était facile d'escamoter un enfant. J'avais le pouvoir de construire et défaire des existences, il me faudrait apprendre à mentir, mieux et encore. Pour contenter « les miens » et les empêcher d'agir comme des sauvages, et se méfier des « autres », de leur argent et de leur destin plus facile.

Avec Liz nous nous revîmes assez rapidement après l'épisode. Elle n'avait pas de tristesse. Cet enfant n'était pas le sien. Nous avions connu tellement de morts pendant et après la guerre qu'une telle disparition restait dans l'ordre des choses. Tout était envisageable. Les pertes des bombardements, les exécutions d'après-guerre, les morts de faim et de fatigue, et désormais le Mur qui veillait à notre intégrité et – il fallait bien le reconnaître – imposait sa loi, châtiant ceux qui ne voulaient pas la respecter.

Liz ne se douta de rien et continua de me demander des services insignifiants que je lui rendais facilement. Le plaisir de nos rencontres étant toujours là, tout redevint normal.

Je fus déçue, mais pas surprise quand mon informateur m'avertit que le petit n'avait jamais mis les pieds à l'hôpital. Je n'avais pas cru Gerd. J'étais doublement déçue. Je l'aimais. C'était le premier homme auquel je m'étais intéressée depuis la mort de mon mari. Je n'avais rien perdu de nos premiers mois à Berlin. Des moments d'immense honte d'oublier si vite Dennis, et d'imaginer que Gerd pourrait le remplacer. Et aussi fort que la honte, le plaisir d'être dans cette ville, de m'y sentir libre et vivante, de fréquenter cet homme aussi beau que mélancolique. Combien de fois me suis-je sentie coupable, ai-je espéré un signe de Dennis, qu'il m'autorise à aimer ce jeune Allemand ? Combien de fois lui ai-je demandé pardon, et dans la même seconde ai-je prié que Gerd soit bien là au rendez-vous ? Jamais je ne me suis sentie aussi désireuse de tout que dans ces premiers mois. La ville retrouvait un peu d'avenir, nous étions seuls, mais debout. Cette embellie rendait, grâce à Dieu, notre bonheur fragile, mais il ne demandait qu'à renaître.

Gerd était magnifique, il me rassurait. Il connaissait Berlin mieux que personne, et lui aussi croyait au devenir de cette terre. S'il me l'avait demandé, j'aurais vécu avec lui, j'aurais aimé les Soviétiques, je me serais entichée de Staline. Et j'aurais bu ma honte de trahir si tôt mon mari.

J'étais déçue qu'il me trompe. C'était la première fois, j'en étais sûre, il était resté en dehors de tous les pièges que les Américains m'avaient demandé de lui tendre. Je me moquais bien de l'enfant, il aurait pu me dire qu'il ne savait comment régler la situation, j'aurais menti à Mareike comme je l'avais fait en définitive. Cette histoire n'était qu'un piège : Si Gerd m'avait rendu Dietrich, ou s'il avait sincèrement essayé de le faire, il serait devenu digne de confiance. Il serait passé au niveau *tw. Test worth.* On aurait pu commencer à l'approcher plus franchement. On aurait pu aller plus loin, bien plus loin.

Son mensonge compliquait tout. Je savais que l'enfant était vivant. Son petit cérémonial d'hôpital était pitoyable. Il nous fallait encore nous méfier. J'avais choisi d'arranger les choses, et de garder mes doutes. J'avais confirmé aux Américains que l'enfant était intransférable. Ils m'avaient cru, ils n'avaient aucune raison de ne pas me croire.

Gerd était identifié comme un candidat à décanter aux idées de l'Ouest. Il y en avait peu de son niveau. Sa position de tout premier plan dans le dispositif est-allemand, si près de Käthe Spitzweiler, le rendait très attractif. J'ai su plus tard qu'il était également sur les listes des Français et des Anglais.

Malgré la concurrence entre services secrets de l'Ouest, le processus restait long. Au-delà de la qualité des renseignements, il fallait identifier ce qui pousserait le candidat à trahir son camp, et s'assurer qu'il n'y ait aucun risque de le voir retourné par le contre-espionnage est-allemand ou soviétique. Cette dernière phase était à la main des chefs de bureau, certains plus joueurs que d'autres, selon l'urgence à soutirer de l'intelligence. Quand nous « rentrions » des agents est-allemands aux promesses incertaines, nous n'hésitions pas à les dégager au moindre doute. Et dégager voulait dire dégager : ils mouraient.

Le renseignement m'avait approchée. Il ne leur avait pas fallu longtemps. Mon poste de fonctionnaire de la reconstruction m'ouvrait des portes.

Ils m'avaient d'abord testée sur les Anglais, je devais soutirer des infos à un jeune enseigne, une façon de se faire la main, j'imagine. L'état-major anglais certainement dans la confidence, je ne vois pas le bureau risquer de se froisser avec son plus sûr allié pour une gourde qui se serait fait débusquer à la première maladresse. Mais le jeune Anglais avait craché tout ce qu'il pouvait, et j'avais gagné mes premiers galons. On m'avait alors affectée au secteur soviétique. J'obtenais des infos de petits fonctionnaires, de responsables de dépôt, ou de patrons d'hôtel. C'était incroyable combien on pouvait grappiller. Les arrivées de matériel de l'URSS, les mouvements de machines-outils, des nominations, les noms des Soviétiques qui stationnaient à Berlin, cachés des forces alliées.

J'ai construit ma première fiche sur Gerd presque mécaniquement. Par une routine qui nous habite tous. Il n'y a rien de plus prévisible que les agents de renseignement quand ils rentrent chez eux et se relâchent. Je n'avais pas immédiatement saisi sa proximité du pouvoir, et si je consignais nos conversations c'était pour savourer et revivre les après-midi que nous passions ensemble à flâner.

Je ne sais plus ce qui m'avait décidée à montrer mes fiches à Trevor, mon supérieur. Il avait passé la nuit à les lire, et me fit réveiller sur le coup de cinq heures en me demandant de le rejoindre tout de suite au bureau. Plein d'émotion, il suait malgré l'heure matinale et ne cessait d'aller d'un bout à l'autre de la pièce. À plusieurs reprises, il avait posé ses grosses mains sur mes épaules, peut-être pour me donner une franche accolade, ou vérifier que j'étais suffisamment solide pour continuer seule ce travail.

J'avais levé un des hommes les plus intéressants de l'Est. Qui allait pouvoir nous informer sur Spitzweiler et sur Ulbricht. Et que personne, à notre connaissance, n'avait déjà en portefeuille. C'est Trevor lui-même qui m'ordonna de ne surtout rien brusquer. Gerd, dans le jargon de la maison, était un *old cask*. Des gens qui ne viendraient à maturation que des années plus tard. Qui nous seraient utiles un jour pour quelque chose d'important. Et forcément ce jour finirait bien par arriver.

Peu après l'épisode de l'enfant, le bureau me demanda de solliciter Gerd pour une information à propos d'un petit chauffagiste, qu'on faisait chanter depuis longtemps sans trop avoir à lui rappeler ses mauvaises manières pendant la guerre, et qui nous servait à de menus usages dans Berlin-Est.

Il évoqua un bâtiment qui nous était inconnu. Il nous le décrivit comme un pensionnat très secret d'apparence vide. L'ordre de travaux émanait d'un porte-serviette venu à son atelier sans se présenter, qui avait payé les travaux en avance et en liquide. La seule condition était de respecter les jours et les horaires d'intervention. Il devait entrer et sortir du bâtiment à heures dites, le chemin vers le lieu d'intervention était balisé, et il avait interdiction de quitter la pièce qui lui était assignée. Il ne vit jamais personne. Mais entendit à plusieurs reprises des cris d'enfants qui devaient s'amuser non loin. Puis vit des lits – une vingtaine ? – entreposés dans une arrière-salle, en attente d'être réinstallés dans la pièce où il travaillait. La seule chose concrète qu'il ait aperçue en trois jours d'intervention. Et qu'il n'aurait jamais vue s'il ne s'était permis un tour dans l'étage, ce qui lui était pourtant défendu.

Trevor, sous ses dehors de gros rustre, la chemise toujours fripée, l'hirondelle sortie du pantalon, n'avait jamais manqué de flair, et savait exploiter le moindre écho. Il voulut en savoir plus et vite sur ce bâtiment. Sur ses habitants. Sur sa raison d'être.

Il se confirma vite que cette grande maison abritait des enfants. Mais impossible d'en dire davantage. Il ne pouvait s'agir de simples lycéens ou orphelins, pourquoi la RDA aurait-elle pris un tel soin à les cacher ? Des enfants de dignitaires ? Des sujets de tests médicaux ? Il nous demanda de passer en phase deux et d'activer – « En souplesse ! en souplesse, messieurs dames ! » – nos correspondants.

Cela ressemblait à la « structure » qu'avait évoquée Gerd, mais, au lieu de l'admettre quand je l'interrogeai dessus, il me mentit de nouveau.

Rien ne prépare à reconnaître le mensonge. L'observation, ou son cœur simplement. Là, j'étais sûre que c'en était un. Nous étions entraînés à donner le change. Marcher dedans, sans trop en faire, afin que l'autre croie nous avoir endormis. Le jeu restait délicat. Il y avait quelques secondes à gérer, un « lâcher » qu'on répétait à l'entraînement. « Comme si tu passais d'une barre à l'autre. Enchaîne sur un sujet de même vigueur, continue la conversation avec le même rythme. » J'avais joué juste. Quand il m'avait proposé de se renseigner, j'avais simplement dit : « Oui, s'il te plaît » et embrayé sur des demandes qui m'intéressaient moins, mais avec la même intensité, afin qu'il ne suspecte rien.

On frappa à ma porte, tôt le matin. Je n'aimais pourtant pas rester au lit, et ma jambe n'aimait pas cela non plus, mais j'étais encore endormi quand le tambourinement débuta. Un tam-tam tout en douceur, qui n'avait pour seul but que de me réveiller, et de laisser le reste de l'immeuble tranquille. Tellement en sourdine que je l'avais intégré sans peine à mon rêve, et qu'il me fallut du temps pour comprendre et me lever. C'était un gars que je n'avais jamais vu, et qui s'était cru fondé de râler un « c'était temps, qu'est-ce que vous foutiez ? », comme s'il était annoncé depuis des lustres. Il était bien campé sur le seuil de la porte, les deux bras accrochés au chambranle. Comme je ne réagissais toujours pas, il me dit, avec raison : « Je crois qu'il vaut mieux que vous me fassiez entrer. »

Il venait de la part de Liz. Ils avaient deux gamins à faire sortir d'urgence. C'était Liz qui m'en suppliait. Deux garçons, le plus vieux à peine quinze ans, en cavale depuis une première tentative ratée, et qui risquaient gros, s'ils étaient rattrapés. D'après ce qu'il m'en disait, ces gamins étaient cantonnés depuis plusieurs jours à Dresde avant de revenir se cacher à Berlin.

— Pourquoi prendre le risque de les ramener à Berlin ? Vous n'avez pas moyen de les sortir plus haut, vers Rostock ? demandai-je.

Je ne savais pourquoi je m'engageais dans une telle discussion. Qu'est-ce qui me prenait ? Mais il y avait Liz, et ce gars, si emmanché et rustre fût-il, lui était fidèle dans sa manière de relater les faits, placide et impérieuse pourtant, comme si elle était à mes côtés et qu'elle me conjurait de la sortir de ce mauvais pas.

Je fis signe au gars de s'asseoir. D'où venait-il ? De l'Ouest, ou de chez nous ? Liz devait être bien sûre de son coup pour me l'envoyer. Un appel de ma part, et il se retrouvait dans une de nos cellules, à vider tout ce qu'il avait à vider. C'était la première fois que Liz me demandait d'aller aussi loin. Elle aurait voulu, avec son type, m'écarteler qu'elle ne s'y serait pas prise autrement. On était loin des petits services, on parlait d'une évasion. Je ne voyais même pas quoi lui demander en échange d'une telle folie. Ma jambe hurlait la guerre, l'effet de la tension sans doute. Une douleur aiguë qui, d'un certain côté, me rappelait le combattant que j'avais été. Je la préférais presque comme cela, à vif, plutôt que lancinante.

Le gars s'enfonça dans le fauteuil. Il se tut, et là encore il n'était pas loin de l'inusable patience de Liz. Il attendait tout ce qu'il convenait d'attendre.

— Alors que fait-on pour ces pauvres gamins ? demanda-t-il en définitive.

Il était vraiment laid, un visage qu'on ne pouvait oublier, comment avais-je pu ne jamais le voir sur aucune de nos fiches ?

— Je n'en sais rien, répondis-je.

C'était une réponse sincère. Je n'en savais rien. Que pouvaient m'importer ces enfants ? Je me battais chaque jour pour notre pays, je n'avais aucun désir d'aider la fuite de deux de nos ressortissants. Pourtant, être traqué, se cacher, je connaissais, c'était ce que j'avais vécu pendant la guerre dans ma propre ville. Un peu comme eux.

— Ils sont frères ? Ils viennent d'où ?

Il ne répondit pas. Je repris :

— Ce sont de sacrés salauds, les parents, de les avoir mis dans un tel bourbier.

Le gars ne réagit toujours pas. Il se contenta de demander de nouveau :

— Alors ?

« Alors », je les voyais de mieux en mieux, dans leur cave, le cœur battant la chamade, le grand essayant de rassurer le petit. Et parfois, l'inverse, le petit, par sa seule présence, sa seule respiration, réconfortant le grand. Je les voyais se blottir, attentifs à tout bruit. Plus méfiants que des animaux. C'étaient des gamins, ce n'étaient que des gamins. « Alors », je finis par accepter. Pour les sortir d'où ils étaient. J'espérais le revaloir cher à Liz. Je dis juste :

— D'accord.

Le gars, qui n'était pas un bleu, précisa l'affaire :

— Les enfants sortiront par Checkpoint Charlie dans le double fond d'un bus d'ingénieurs français qui seront à Berlin-Est d'ici à trois jours.

Il était rassurant, comme savaient l'être les Américains. Ils faisaient bien tourner leur boutique, ils bougeaient peu, mais bien, avec les moyens adéquats. J'étais presque content de la tournure des événements, qu'ils fussent si bien écrits, et que je n'eusse pas à improviser. Cela me semblait plus acceptable, moins grave en tout cas, comme si les choses allaient se faire de toute façon.

— Les Français sont d'accord ? demandai-je.

Tout cela me semblait rocambolesque, mais j'avais envie d'y croire, de voir les choses se mettre en place, de sentir leur puissance, et peut-être d'en éprouver les limites. Il poursuivit son scénario :

— Non, on ne dira rien aux Français. On tient à ces enfants. Il y a des éléments qu'on n'est pas disposés à partager. On ne veut pas que ces civils fassent dans leur froc à l'idée d'avoir deux gosses planqués sous les pieds. Vous avez déjà passé la frontière, vous savez combien les minutes y sont longues. Cela nous coûtera une bonne engueulade avec les officiels français, mais on s'arrangera.

— Quand interviendrez-vous sur le bus ?

— Il est déjà prêt.

Le gars ne put retenir un sourire.

— Et je joue quel rôle dans tout ce cirque ?

Je posai la question sans m'énerver, déjà convaincu que cela allait se faire.

— Vous recueillez les enfants demain, et c'est vous qui les mettrez dans le bus, au matin du départ des Français.

— Ils vont rester deux jours cachés chez moi ? C'est totalement insensé !

— On les cherchera partout sauf chez vous, coupa-t-il. La délégation logera au Stellar. Le bus sera garé derrière l'hôtel, le chauffeur ne sera pas là. Le bus ouvert. On accède à la soute par la troisième rangée de sièges. Il suffit de soulever le tapis de sol. L'ouverture n'est pas grande, mais assez pour laisser passer les enfants. Dedans il y a des couvertures. Vous leur demanderez de bien s'en enrouler. Il n'y aura pas d'eau, rien. Juste les couvertures. Il faut qu'ils soient prêts à y passer quelques heures.

— Ils vont être malades ! L'odeur, le mouvement du bus ! Le noir !

Une réaction de pure forme, je le savais.

— Il y a un tout petit trou pour laisser filer l'air, me rassura-t-il. Il ne fera pas complètement noir.

J'aurais dû me précipiter chez Käthe pour tout raconter, et lui dire combien nous étions vulnérables. Je ne le fis pas. Je me dis qu'il y avait le temps. Je voulais encore ressentir cette puissance, l'insolence des Américains. Leur cynisme plus jeune, plus irrésistible que le nôtre. Ces gens n'avaient peur de rien.

Tout se déroula comme annoncé. Le lendemain, un autre homme frappa à ma porte. Il me demanda si j'étais prêt pour la livraison. Deux heures après, les deux garçons étaient dans mon appartement. Mieux valait ne pas traîner, les installer vite dans le petit réduit que j'avais aménagé. Je chuchotais, les enfants parlaient très bas aussi. Je les fis boire, ne cherchai pas davantage à leur faire la conversation. Ils avaient l'air solides, plus solides que je ne l'avais pensé. Ils agissaient avec ordre, sans précipitation, comme des soldats de l'ombre devaient le faire.

Quelle vie allaient avoir ces gamins ? Qu'est-ce qui avait poussé les parents à s'en séparer, qu'est-ce qui était si puissant de l'autre côté pour se sacrifier ainsi, et perdre ses propres enfants ? J'avais beau connaître l'Ouest et toutes ses tentations, je n'arrivais pas à comprendre. Ses propres enfants, ce n'était pas rien, est-ce que cette Terre promise valait autant ?

J'entendais leur belle respiration, et je tournais dans mon lit. Le lendemain, il faudrait les emmener au bus, en serais-je capable ? Certainement. Capable de les installer. Puis alerter les forces soviétiques, m'assurer dans les consignes qu'on soulevât bien les tapis de sol. Faire confiance à leur dévouement et à leur rage de chasseurs. Prévoir un homme de confiance, pour s'occuper des enfants, qu'aucun mal ne leur fût fait, que l'opération fût mise au crédit de Käthe. Je reprocherais ensuite à Liz l'amateurisme de cette affaire, et de m'avoir mis inutilement en danger. J'allais sortir de cette histoire par la bonne porte.

Je m'endormis là-dessus, sur ce filet d'espoir qui expliquait pourquoi deux gosses que toute l'Allemagne de l'Est recherchait se cachaient dans mon garde-manger.

Je fis ce que je devais faire le surlendemain. Les gamins ne furent pas surpris de devoir se cacher dans la trappe du bus. Ils s'y glissèrent facilement, le plus grand, en premier. Au moment de disparaître, il me remercia. Puis du fond, il appela l'autre. On aurait dit qu'ils avaient déjà répété cette séquence, peut-être était-ce le cas après tout, il faudrait demander à Liz. Je fermai, remis scrupuleusement le tapis de sol. Je restai plus longtemps qu'il ne fallait, couché, l'oreille collée au sol, à écouter leur respiration. Je n'entendis rien, et j'en fus presque triste, mais c'était évidemment beaucoup mieux ainsi. Il leur restait quatre bonnes heures à patienter. Le temps d'être de l'autre côté. Les Américains comptaient les récupérer en toute discrétion, après que les ingénieurs français auraient définitivement quitté le bus à l'aéroport de Tempelhof. Si cela devait s'éterniser, une fois le Mur passé, Liz m'avait promis qu'ils ne laisseraient pas les enfants s'étouffer, et qu'ils interviendraient, quitte à tout avouer aux Français.

Le bus fut stoppé au point de contrôle. Il y eut des hésitations, des palabres entre les ingénieurs français et l'officier soviétique de permanence. Le représentant des Français ne voulait pas des gardes est-allemands à bord. Il exigeait, si fouille il y avait, qu'elle fût opérée par les Soviétiques, les seuls autorisés à le faire. De guerre lasse, le bus allait passer la frontière, puis l'officier se ravisa. Ses hommes venaient d'arriver, il les envoya à bord. Les enfants furent trouvés plutôt rapidement. J'observais tout cela à distance, mais je compris vite que les choses tournaient mal. Nous avions été vendus, et j'aurais mieux fait de les dénoncer moi-même, comme j'en avais eu l'idée, au lieu d'être désormais coupable d'un crime contre l'État. Je vis le plus jeune se dégager du bras du soldat et s'enfuir, le frère se défaire à son tour de l'étreinte et courir à sa poursuite, j'entendis toutes les sommations, il y en eut beaucoup, mais il y avait long à courir. Alors, à bout de voix, il y eut les deux tirs. Deux coups secs, rapides, bien enchaînés qui les mirent à terre.

Je n'avais pas le temps de pleurer ces gamins. La guerre et ses réflexes revenaient. J'étais en très grand danger. Celui qui les avait dénoncés m'avait certainement vu avec eux.

J'avais peut-être le temps d'aller à l'appartement, d'y prendre quelques affaires et de me terrer, je ne savais où, pour longtemps en tout cas. Je suais. Une sueur de combattant. De traître. Mais je retrouvais le sens et les réflexes de l'action. Ma jambe était en feu. Un feu mauvais. Se retourner souvent. Faire le tour du pâté de maisons avant d'entrer dans l'immeuble, sentir la cage d'escalier, savoir si quelqu'un m'attendait sur le palier.

Il n'y avait personne. Juste une allumette étêtée devant la porte. Je savais ce qu'elle disait. Un appel à passer. Pas de chez moi. C'était la première fois que ça arrivait. Ce code, Liz l'avait mis en place il y avait bien longtemps. « Si on doit vite se parler », m'avait-elle dit. « Et pourquoi devrions-nous vite nous parler ? », avais-je plaisanté. Cela me semblait une affaire de boy-scout. On en avait ri, cela paraissait tellement improbable et saugrenu. À des lieues de ce que nous étions. Pourtant, après s'en être amusée, elle avait insisté : « Promettez-moi de vous en souvenir. »

Je ne savais pas qui était passé mettre cette allumette, mais je devais vite appeler Liz.

C'est elle qui décrocha. Sans me laisser placer un mot, elle m'abreuva de remarques sur des dossiers techniques qui n'avaient aucun sens, aucune urgence et, quand je voulus lui raconter tout ce qui venait de se passer, elle me coupa encore, et me demanda si nous nous étions enfin décidés sur l'emplacement de notre tour de télévision, et d'autres choses tout aussi incompréhensibles. Puis, au fil de cette longue diatribe, me parla de son achat de voiture qu'elle ne ferait pas finalement. Je compris alors. Elle me remercia pour l'aide que je lui avais apportée : « Évidemment vous n'y êtes pour rien, si l'achat a capoté. J'ai beaucoup aimé vos conseils, mais comprenez-moi, j'ai réfléchi, et je n'en ai plus l'utilité. » Je rentrai dans le jeu, j'insistai, et lui demandai si elle souhaitait mon aide pour visiter d'autres garages. « Rassurez-vous, je vous tiens au courant, restez chez vous, bien au chaud, il n'y a aucune urgence », me dit-elle. Je réitérai. « Faites-moi confiance, aucun danger que je change d'avis », répondit-elle, et elle répéta plusieurs fois : « Aucun danger. » Elle conclut, en se mettant à me tutoyer, comme s'il était largement temps de le faire, sur un étrange : « Crois-moi, les choses sont bien comme cela. Tu es bien chez toi. Repose-toi maintenant. » Et elle raccrocha.

Une estafette dépêchée par Käthe se présenta tôt le matin. « Elle m'attendait. » Je dis à l'homme que j'allais passer dès que possible, je sentis un jus aigre couler, je devais puer la peur à plein nez, mais il n'avait pas l'air de le remarquer. Pour autant, il ne voulait pas débarrasser le plancher, il insistait, je devais le suivre. Sauf à lui ficher mon poing dans la figure et à me sauver dans Berlin, mon fourgon m'attendait en bas. Je n'avais pas le courage de m'enfuir, il y avait bien l'escalier de la cour, mais à quoi bon, j'étais épuisé d'une nuit blanche et je m'étais fait à l'idée de cette visite.

Il faisait assez froid. Le grand bureau de Käthe donnait sur les tilleuls, qui ne dégageaient pas encore leur âcre parfum de pourriture. Ce serait dans un mois. Une éternité. Dans la voiture, je réussis à me calmer. Je savais ce que valait la trahison, j'espérais juste que cela fût rapide. J'aurais pu prétendre avoir monté tout cela à dessein, pour piéger les Américains – j'avais pensé à toutes ces tactiques durant la nuit –, mais Käthe ne me croirait jamais, et je me préparais des mois pénibles pour en arriver à la même fin. J'avais trahi mon pays. Il n'y aurait pas de pitié. C'était dans l'ordre des choses. Je l'avais accepté en entrant dans son bureau.

Les huissiers pas encore partis, elle vint vers moi pour m'embrasser, ce que nous ne faisions jamais en pareil lieu. Elle m'embrassa. Longuement. Un vrai baiser.

— Où étais-tu hier ? me demanda-t-elle. Je t'ai attendu. J'aurais eu besoin de toi. Ces abrutis de vopos ont tué deux gamins sous les yeux de tout le monde. Ils n'avaient même pas quinze ans.

Elle répéta plusieurs fois : « Tu te rends compte, même pas quinze ans. » Elle semblait désespérée. Difficile de dire si c'était par la mort des enfants, ou le scandale de la fusillade, ou si c'était plus profond encore. Peut-être se demandait-elle aussi pourquoi des gamins avaient une telle rage de quitter notre terre. Elle regarda dans le vide longtemps, puis se reprit :

— Je vais nous commander du thé. On vient d'en recevoir du Sichuan comme tu l'aimes.

Elle se remit à son bureau et reprit ses dossiers. Elle m'entretint de sujets plus légers, et d'un coup m'annonça :

— Dis-moi, tu sais quand même que ces gamins, on les a retrouvés grâce à toi ? Disons, grâce à ton gars, Max.

Nous fûmes interrompus par l'appariteur qui apportait le thé. Le temps de penser à la suite, mais je n'avais aucune énergie pour cela. Mon corps, malgré le froid, continuait à partir en eau. Que savait Max ? Käthe s'impatientait vis-à-vis de l'appariteur qui mettait un temps infini à faire le service, et lui demanda de nous laisser. Quand il fut parti, elle me dit :

— On va récupérer Max en allant à la prison où sont les parents. Il est efficace, il n'y a pas à dire.

Puis elle ajouta :

— Peut-être trop cette fois. J'aurais presque préféré que ces gamins passent la frontière.

Elle avait l'air sincère. Elle continua, en me souriant :

— Ne le répète pas. Je n'ai pas envie qu'on commence à douter de moi.

J'étais près des grandes fenêtres. Je sentis l'air d'octobre me battre le ventre, puis les reins.

Quand nous récupérâmes Max, il monta devant à côté du chauffeur. Il se retourna immédiatement vers moi, me sourit et nous dit qu'il faisait ce métier dans l'attente de jours comme celui-là. Il avait l'air sincère. Je me demandais ce qu'il avait à me reprocher, je ne voyais rien, je l'avais régulièrement promu, c'était un de mes agents préférés. Il était content de démasquer un traître, voilà l'histoire. Aussi simple que cela. Durant le trajet, il m'observa à plusieurs reprises dans le rétroviseur, toujours en me souriant. Avant d'arriver là où étaient interrogés les parents, il se retourna de nouveau et me dit :

— À propos, pour notre autre affaire, je suis allé au Krotzschütz hier. On s'est inquiétés pour rien, tout est parfaitement normal. Le patron du troquet est réglo.

Le salopard ! Comme s'il n'avait pas pu le dire plus tôt ! Le Krotzschütz était un café où nous avions coutume d'aller avec Liz, il y avait de cela dix ans. Max travaillait donc pour Liz. Ils me roulaient tous les deux depuis une éternité. En attendant, rien n'était perdu, quelqu'un avait prévu le coup d'après, c'était réconfortant. J'attendais de cet idiot qu'il voulût bien me donner des indices sur la marche à suivre, plutôt que de me sourire bêtement, mais il n'en fit rien.

Je me promis d'aller aussi vite que possible aux nouvelles de Liz, mais une fois de plus elle me précéda. Elle attendait devant chez moi.

— Ne t'énerve surtout pas ! furent ses premiers mots. Je vais t'expliquer.

— Oui, merci. À quoi rime ce cirque ?

Elle prit le temps de répondre. Elle enleva ses longs gants, ôta sa toque et son col de fourrure, aussi lentement qu'elle le put. Elle attendit mon aide, pour se défaire élégamment de son manteau. D'habitude, j'aimais ce jeu, et tout ce qu'il signifiait. Là, il m'agaça. Quand je l'eus enfin débarrassée de ses affaires, elle consentit à parler :

— Nous voulions..., commença-t-elle, puis s'interrompit encore. Tu ne voudrais pas me proposer un verre ?

Elle reprit enfin :

— Nous voulions vous tester, toi et Max.

— Donc Max est bien dans le coup ?

— Oui, recruté il y a plus d'un an.

— Il savait pour nous ?

J'étais entre rage et soulagement. Liz – ce n'était pas la première fois que je l'observais agir ainsi – continua son explication sans s'inquiéter de ce que je pouvais penser :

— Non, il ne savait pas. Nous cloisonnons toujours, c'est mieux pour tout le monde. Nous ne lui avons dit qu'avant-hier. Quand nous lui avons demandé d'avorter l'opération.

Elle avala son verre d'un trait. Me le montra, contente d'elle.

— Pourquoi avez-vous fait une chose aussi stupide ? Tout se passait comme sur des roulettes. Bon Dieu, qu'aviez-vous en tête ?

Oubliant ses manières, Liz se leva pour se resservir. Une rasade généreuse. Elle me servit également.

— Une grande opération, répondit-elle. Et grâce à l'épisode des enfants, nous avons consolidé votre rôle, à toi et à Max.

— Une grande opération. Bien sûr. Les Américains ne peuvent faire que de grandes opérations. Tu sais quand même que ces deux gamins sont morts ?

— Oui, personne ne pensait que ça irait jusque-là.

Ce fut dit avec beaucoup de douceur, sans qu'on pût y déceler trop de peine toutefois. C'était bien une combattante qui s'adressait à moi, et ces deux corps d'enfants étaient déjà passés par pertes et profits.

— Bon Dieu, Liz, vous pensiez que ça irait jusqu'où en offrant ces gamins aux Russes ? Vous leur prépariez quel avenir, à eux et à leurs parents ?

Son verre était de nouveau vide. Elle le serra comme si elle allait le briser. Puis se décida à le mettre à ses pieds.

— Gerd, j'ai besoin de toi. Tu ne peux pas arrêter là. On ne peut pas avoir fait tout cela pour rien. Ce serait ignoble. Tu dois m'aider, tu entends ? Tu dois m'aider. Je t'en supplie. Après, nous verrons, mais tu dois encore m'aider cette fois.

Je la regardai sans un mot. Il n'y avait rien à dire. À quoi rêvaient-ils ? Quels indices leur avais-je donnés pour imaginer un seul instant que j'allais trahir mon pays ? La dernière fois, il y avait urgence à épargner deux gosses, mais là, que croyaient-ils ? Ma jambe intacte se mit à trembler, une secousse furieuse que je n'arrivai pas à calmer, même en me levant. Liz était prostrée. Nous formions un drôle de couple.

Pourtant, tout était de nouveau permis. Mes deux pattes, l'une folle, l'autre anéantie de brûlure, ne semblaient pas encore l'admettre, mais les compteurs étaient bel et bien remis à zéro.

J'étais allé trop loin, largement au-delà de mes limites. Je n'étais pas armé pour cela. Ce qui venait de se passer était un avertissement sans frais. Ma vie s'était arrêtée ces dernières heures. Une vie qui m'avait toujours semblé logique, même ma relation avec Liz : tout y était cohérent, mon engagement comme mes mensonges. Jamais je n'avais eu à y réfléchir. Mais il était temps d'arrêter ce jeu insensé, j'en avais encore la possibilité, c'était ma chance, et elle ne se représenterait pas. Cela commençait par demander à Liz de quitter mon appartement et de m'oublier.

Je renonçai à le faire. Je l'invitai à se promener sur les belles allées de Friedrichshain. C'était ce que la RDA pouvait offrir de plus beau alors. J'avais envie que Liz vît des gens souriants, des gens qui prenaient le temps, et ne trouvaient rien à redire à ce pays. Qui en appréciaient l'école, les soins, le théâtre parfois, l'usine chaque jour, où ils n'étaient pas si mal. Des gens dont la préoccupation quotidienne n'était pas de s'enfuir. Des gens qui n'y avaient même jamais songé.

Cette promenade remettait tout en perspective. Je me sentais fort, là, sur cette avenue. Fier de mon pays, et j'aurais voulu remercier ces passants. Leurs affairements, leurs conversations, leurs silences aussi, apparaissaient pleins de sens. À cette heure, Berlin-Ouest était déjà gorgé de lumière, je préférais ce jour plongeant, le calme profond, la jouissance d'entendre un murmure à des kilomètres. Cette incroyable fraîcheur.

Nous prîmes plusieurs verres dans un café. Liz semblait gagnée par la pureté du moment. Elle m'embrassa. Au bout du temps. Nous attendîmes de longues minutes avant de recommencer. Bien droite, la tête un peu inclinée sur l'épaule, les paupières presque closes, les lèvres à peine entrouvertes, elle m'embrassa comme on le faisait dans les films. Je devinai pourtant son trouble, le sang lui montait au visage, et son cou et sa nuque s'auréolaient de petites taches roses, encore jamais observées.

Nous rentrâmes sans parler. Nous profitions de cette liberté, nous savions tous deux qu'elle dormirait chez moi ce soir. Un soulagement.

Nous nous assoupîmes rapidement. Vite effrayés du reste. Dormir ensemble, c'était déjà inouï. Le temps à venir, il convenait de ne pas l'abîmer. Nous comptions profiter de chaque seconde, et de leur dévoilement. Pour la première fois, je la vis se dénuder, et à presque quarante ans j'en fus ébloui. Je serrai Liz dans mes bras comme un premier flirt, sans bien savoir, en renonçant tout de suite, dans une confusion d'adolescent. Elle était belle dans sa combinaison de soie. Je résistai fort à l'envie de dormir. Je sentis toute ma peur, cette rage aussi, disparaître aussitôt.

Je me réveillai avant le jour, différent, nouveau. « Ma petite Américaine », ce furent les seuls mots que je lui glissai cette nuit-là. « Ma petite Américaine », des mots de profond apaisement. Comme si la guerre froide s'était arrêtée sous mes combles. L'éprouvante chorégraphie des derniers mois s'épuisait enfin.

Mes décorations accrochées sur le mur en face brillaient à la lune et me faisaient de l'œil. La RDA reconnaissante. Je les regardai en paix, ces médailles. La RDA, ma patrie. Elle, qui avait juré mémoire éternelle contre la barbarie, vigilante à ne jamais renouveler les erreurs du siècle, continuait à m'émouvoir. Allemands, nous nous étions élevés contre des Allemands : nous avions refusé la simple loi de la terre, les liens de sang trop faciles, et avions su trouver de nouveaux frères, voilà comment s'était construit ce pays, il y avait de quoi en être fier, au-delà de tout ce qu'on pouvait lui reprocher.

Une fraternité que j'avais trahie sans vraiment m'en rendre compte, pour cette femme, qui gémissait gentiment dans son sommeil. J'étais fidèle à ce que j'étais il y a vingt ans, un homme qui aimait, et qui agissait en fonction. Avec une jambe brûlante.

Gerd me fit l'amour au matin. Nous avions attendu presque vingt ans. Je mis quelques minutes à m'habituer au choc de son corps. Il était dense. Il était dur et carré, plus que je ne l'avais jamais imaginé. Nous restions pourtant deux étudiants timides dans une chambre sans grand confort, cachés et contents de l'être. Il me proposa de m'installer en RDA sans vraiment y croire. Comme il avait tort ! Terrée dans son lit, j'imaginais ma vie à l'Est avec lui, et rien ne disait que je n'y serais pas heureuse. Personne ne me retenait à Berlin-Ouest. Cette ville qui s'enflait et s'équipait à tout-va me fatiguait. Une New York factice, que beaucoup n'avaient pas méritée. Il était en train de somnoler, souriant et reposé quand je lui parlai de Mitzi Edelwein. Je ne sais pourquoi, comme s'il fallait cesser la rêverie qui nous gagnait. Il me demanda d'où je la connaissais. Il semblait ému.

— Tu la fréquentais ? insistai-je.

— Elle faisait partie de notre groupe, elle était d'une beauté sans nom. Elle a disparu d'un coup d'un seul. Je pense qu'elle est passée chez vous, peut-être pour rejoindre les États-Unis.

— Elle n'a jamais eu cette chance. Ton amie Käthe s'est occupée d'elle avant, lui dis-je assez méchamment.

— Pourquoi me parles-tu d'elle aujourd'hui ?

— À cause de la photo. Votre bande, tous souriants. Là sur la commode.

Il regarda la photo comme s'il la découvrait pour la première fois. Il n'avait pas marqué le coup quand je lui avais dit que Käthe avait liquidé Mitzi Edelwein. J'enchaînai :

— Tu savais, n'est-ce pas, que Käthe s'en était mêlée ? Pour Mitzi. Et aussi pour le grand à lunettes derrière, Manfred Heissling, c'est bien Manfred Heissling, non ?

— Non, je ne savais rien, me dit-il. Il y eut beaucoup de départs dans ces années-là. C'était encore facile. Tu décidais de traverser la ville, de ne pas rentrer chez toi le soir, et voilà l'affaire. Une fois rassurés sur nos intentions, tes amis nous faisaient de belles places. J'imagine que je ne t'apprends rien. Et pour revenir à ta question, j'ignorais. Je ne savais rien. Rien. Et je ne veux pas en savoir davantage. Nous n'avons pas eu le monopole des saloperies. Käthe a fait ce qu'elle devait faire, je ne veux pas la juger, conclut-il sèchement.

Il s'était aussitôt fermé. Je venais de tout gâcher. Trevor m'aurait hurlé dessus. Une ouverture inespérée, que je saccageais, comme exprès. Je m'étais précipitée telle une sotte. Pour me débarrasser de ma mission et vite retrouver des certitudes, le Bien, le Mal. J'espérais que les choses soient plus simples, et que Gerd rende cela plus facile. Qu'il aille dans notre sens, qu'il accepte de nous aider, que nous n'ayons pas trop à réfléchir. Mais, Dieu, pourquoi l'aurait-il voulu ? Je n'étais même pas convaincue moi-même. Pourquoi faisais-je cela ?

Là, dans ce lit, j'étais bien en peine de le dire. La mécanique tournait à vide depuis un moment déjà.

Je croyais avoir contrôlé cet épisode, et je coulais. Et toutes les choses apprises en pareil cas ne fonctionnaient pas. Le gros Trevor aurait suffoqué de me voir sombrer. Règle un : « Quand vous sentez une pression psychologique de l'adversaire, quand vous vous sentez – disons-le – mollir, vous avez le devoir de vous échapper ! Votre fuite est votre meilleure alliée, ne vous surestimez pas bon Dieu, ceux d'en face ne sont pas des enfants de chœur, ils sont formés comme vous et moi, alors je vous le redis une bonne fois pour toutes, barrez-vous, rentrez boire un coup le temps de vous remettre les idées en place ! »

Je n'avais rien fait de cela, au contraire, je m'étais laissé engourdir sans rien appliquer de la règle deux, ni de la trois. Des mécanismes vains, et conçus pour d'autres. En rentrant, je demanderais à prendre du recul. Peut-être était-il temps aussi que je quitte Berlin.

Je devais reprendre mes esprits, et ne pas m'enfermer davantage. Le mieux que je pouvais espérer à cette heure. Gerd perçut mon désarroi. Lui et moi étions sur la brèche, et tout pouvait basculer. De fichus soldats, dépossédés au premier baiser.

C'est lui qui revint à la charge. Il me demanda ce qu'était la fameuse opération d'envergure esquissée la veille. Je ne devais surtout pas lui répondre, il fallait d'abord m'assurer de sa loyauté, et j'en étais bien incapable. Les gages donnés sur le dossier du bus ne voulaient rien dire, il n'était toujours pas au niveau *tw*. Il restait dans les limbes, pour reprendre l'expression consacrée, et même un débutant savait qu'on ne divulguait rien d'essentiel à qui était dans cet état. Mais j'étais épuisée, et peu importaient les dégâts, c'était criminel, c'était passible de la cour, mais à quoi servait-il de finasser ? J'allais lui dire et nous verrions.

— Un tunnel.

— Quoi un tunnel ?

— Tu m'as bien entendue, nous creusons actuellement un tunnel d'Est en Ouest. Un gros projet. Ce sont des jeunes qui sont à l'ouvrage. Deux mois qu'ils sont sur le coup. Ils sont une trentaine.

— Et où passe ce fichu tunnel ? tenta-t-il en sachant qu'il n'aurait pas l'information aussi facilement, et que les prochains renseignements allaient se monnayer bien plus cher.

— Pas maintenant, si tu le veux bien. Tu auras les détails en temps voulu si tu te joins à nous. Je vais nous faire du café.

J'avais perdu la tête : rien n'empêchait Gerd de se précipiter chez Käthe. Demain des vopos parcourraient du nord au sud la zone de mort avec d'immenses stéthoscopes, quand d'autres bougeraient leurs indics pour localiser le départ du tunnel. J'étais pourtant soulagée, je souriais à la cafetière, elle sentait bon, j'aimais leur café si particulier, je devais être la seule, il était tellement rêche, à s'en décoller le palais.

À Gerd de décider s'il voulait faire arrêter tous ces jeunes. Je lui avais mis des dizaines de vies entre les mains, assez pour réfléchir aux conséquences de ce qu'il allait faire. Comme moi, il savait que les choses iraient vite. Les malheureux seraient cueillis au matin, sans jamais s'être doutés de rien. Quelques chanceux échangés à l'Ouest. D'autres payeraient très cher, pour l'exemple.

Nous n'étions plus entre nous, notre petite entreprise des vingt dernières années, sans grand dommage, sans grand impact non plus, se terminait ici. Je venais d'inviter dans cette chambre une trentaine de beaux jeunes gens et jeunes filles qui n'allaient plus nous lâcher.

Nous bûmes notre café tranquillement. Et retrouvâmes la paix. Il me fit des compliments sur mes cheveux, sur ma bouche. Il se moqua de ma façon guindée de saisir ma tasse. Il me dit qu'il était heureux de notre nuit, que cela changeait tout. Comme il me vit hésiter, il ajouta « de ne pas devoir se quitter le soir ». Nous étions donc là, amants, comme s'il n'y avait rien d'autre. Il m'invita à refaire l'amour. Il faisait grand jour dans la chambre, nous fîmes cela très doucement, très lentement. Nous passâmes le reste de la journée à musarder. Loin des affaires, et loin du tunnel. Le soir, il n'eut pas à négocier pour que je reste. Quand il m'eut installée dans son petit salon avec un verre de tokay, il m'annonça sans émotion :

— Je dois aller chez Käthe demain.

Les affaires reprenaient. Je n'étais pas prête. Je devais être livide de nouveau. Alors, comme pris de pitié, il compléta avec un beau sourire :

— J'y vais chaque dimanche. Tu ne voudrais quand même pas qu'elle se doute de quelque chose ? Croismoi, en ce moment, c'est plutôt expéditif. Parfois, on dirait deux parents divorcés qui font l'effort de partager un repas pour leur enfant. Mais il n'y a pas d'enfant.

L'aimait-il encore ? Tout le disait. Jusqu'à sa façon si désespérée de m'avoir fait l'amour. C'en était presque réconfortant, je l'aimais aussi pour cela, sa solidité. Son enracinement. Son absence totale de reniement. Cela ne faisait ni mes affaires d'amante, ni celles du bureau, mais comment ne pas désirer cela d'un homme ?

Il aurait aimé ma terre, il aurait aimé mon père. Ils auraient eu de longues discussions où ils auraient parlé de tout et rien, de religion, de guerre, et aussi de la coupe des bois. Ils se seraient occupés des arbres ensemble. Ces beaux arbres, droits, à qui tout était promis, plantés bien avant ma naissance. Soudain contrariés par nos agrandissements et qui avaient alors tourné année après année pour chercher un nouveau soleil, leurs racines d'autant plus vigoureuses qu'ils s'inclinaient, une échappée qui façonnait les troncs et les tendait petit à petit, à la poursuite du jour.

Je regardai Gerd. Il boitait désormais, il n'y avait plus de doute là-dessus. C'était un mouvement qui ne le quittait plus, ancré au plus profond, même quand il semblait ne pas souffrir. Cela le rendait encore plus massif. Tout son être luttait, ses épaules essayaient d'arrondir la démarche, mais parfois, trompées, dans la mauvaise fréquence, elles ne faisaient qu'en accentuer et heurter le mouvement. On sentait l'énergie qu'il y mettait. Il avait accepté cette claudication, et savait qu'il ne retrouverait pas sa jambe, mais cette force, jetée un peu vainement, m'émouvait au plus haut point.

Allait-il nous trahir ? J'étais dans une telle fatigue, ruinée, lasse de tout, et tout aussi excitée par les dernières heures, que je n'aurais su le dire. Je ne le pensais pas, mais la question me semblait presque accessoire. Il ne me laissa pas le temps de trop gamberger.

— Je voudrais que tu sois là demain soir.

— Tu sais, je dois aussi rendre quelques comptes, lui répondis-je stupidement.

Je me rendis à pied chez Käthe. Le trajet prenait une bonne heure, assez long pour permettre de profiter du plaisir frémissant d'encore marcher, et me perdre en pensées adverses. J'étais libre de tout raconter, marchander ce que je savais, dire un peu – assez pour me protéger –, ou ne rien dire du tout. Je décidai de me fier à l'instant.

C'était un gros secret pour n'en faire rien. Les jeunes du tunnel ne comptaient pas, je n'avais aucune peine à les condamner, ils n'existaient pas, quelque effort que je fisse pour me les représenter. C'étaient des victimes, ou des coupables, de jeunes gars bien ou des merdeux dont l'avenir ne m'intéressait pas plus dans un sens que dans l'autre.

Dieu sait combien de fois j'avais fait ce trajet depuis vingt ans. Longtemps, les immeubles aux alentours étaient restés décharnés, et je ne les avais vus se reconstruire que récemment. Les arbres commençaient à ressembler à leurs aînés, ceux qui furent calcinés jusqu'aux racines sous les bombardements de 1944. Désormais le chemin était propre, personne n'aurait pu imaginer que des tonnes de ferraille l'avaient éventré sur des dizaines de mètres de profondeur. Même l'église de la rue Jacob était restaurée. Jusqu'aux fleurs qu'on avait pris soin de replanter, des bosquets d'asters et de dahlias, dans leur dernière floraison.

Qui aurait osé rêver de dahlias, il y avait encore quelques années ? Ces jeunes voulaient s'enfuir. Ils n'avaient rien connu de la guerre ou si peu, c'étaient les premiers à profiter d'une ville calme et refaite. Ils étaient la raison même de tous nos efforts et sacrifices. Et leur ingratitude n'en était que plus flagrante.

J'étais dans Berlin depuis si longtemps ! Y avais grandi, lutté, aimé. Une ville dont j'avais accepté les nouveaux contours depuis que nous l'avions ceinturée, une ville que j'avais admise comme elle était, longtemps privée de couleurs, à la violente odeur de charnier et de décombres. À plusieurs reprises, Ulbricht m'avait proposé un poste à l'étranger, dans les pays frères, ailleurs aussi. En Amérique, au Canada. Mon Dieu, combien, dans ma jeunesse, ces pays m'avaient-ils fait rêvé ! J'avais refusé, je ne voulais pas m'éloigner de Berlin, pour moi et pour ce que j'y avais entrepris, pour Käthe que je refusais de perdre. Jusqu'à Liz qui avait achevé de me convaincre que ma vie ne pouvait s'échapper de cette ville.

Soudain, c'était différent, je n'étais plus si sûr, j'imaginais de grands espaces, j'imaginais la mer, l'océan. La vie devait être belle dans une ville côtière, mes pattes aimeraient arpenter, le temps qu'elles pouvaient encore le faire, les longs quais de ces métropoles.

Käthe s'était remise de l'épisode de la frontière, et semblait même plus gaie qu'à l'accoutumée. À des lieues de mon humeur, mais elle faisait plaisir à voir. Je la suivais dans son appartement comme un petit chien, elle ne cessait de changer d'endroits, me disant à chaque fois : « Viens, on sera mieux là-bas ! » Nous finîmes dans sa cuisine. Enfin calmée, elle m'annonça qu'elle voulait me faire nommer médaille d'or de l'ordre du mérite patriotique.

— Ulbricht vient de me la donner. La cérémonie aura lieu dans un mois. Je veux que tu y sois associé, me dit-elle fièrement.

Comme je ne répondais rien, elle poursuivit :

— Nous avons toujours été récompensés en même temps, il n'y a pas de raison que cela change. J'ai réussi à convaincre Ulbricht là-dessus. Il se plaint de ne plus te voir beaucoup, mais je lui ai dit que tu œuvrais pour lui, et qu'il pouvait se féliciter chaque jour du réseau que tu as su créer. Qu'il était en sécurité grâce à des gens comme toi.

J'aurais tout préféré à cette situation. J'avais beau regarder Käthe, je n'arrivais pas à lire en elle. J'imaginais avec difficulté que tout cela fût sincère. Pourtant, je ne la croyais pas assez vicieuse pour se jouer de moi. Ce n'était pas Käthe. Le jour où elle aurait des soupçons, elle me soumettrait à un interrogatoire et, s'il fallait, elle n'hésiterait pas à m'envoyer au trou, ou à me passer par les armes. Voilà comment elle agissait.

Je ne levai pas les yeux du gâteau au kirsch qu'elle me servait chaque dimanche. Quand mon assiette fut vide, elle se leva d'un coup et m'ordonna :

— Viens me baiser maintenant !

Quel plaisir avait-elle à se rendre plus vulgaire qu'elle ne l'était ? Je la suivis en prenant mon temps.

Käthe y mit beaucoup de bonne volonté. Quand nous eûmes fini, elle resta en silence, nue, les yeux au plafond, bras et jambes un peu écartés, comme un homme. Sans fumer cette fois. Elle ne savait encore rien, mais j'avais l'intuition qu'il fallait vite lui livrer quelque chose, elle l'attendait et le réclamait. C'était une supplique que je pouvais entendre après tant d'années de métier. Si je ne lui lâchais pas une information, elle y repenserait le soir, et finirait bientôt par me renvoyer ses chiens. Je faisais la même chose avec mes contacts. Mon horloge me disait quand ils devaient revenir vers moi, quand il était largement l'heure.

J'avais beaucoup à lui dire. Le bus, Liz, le tunnel. Un beau carnage en perspective. En quelques minutes, je pouvais tout remettre à zéro et mériter ma médaille. Il était encore temps. Je pouvais exiger ma retraite et quitter cette fange. Lui demander une affectation dans une ambassade, un autre pays, où Liz, si elle me pardonnait un jour, viendrait me rejoindre. J'avais l'opportunité de quitter cette terre de cendres, que j'aimais, mais qui finirait par avoir ma peau. Quelques mots, et je négociais mon départ pour un monde nouveau.

Trente jeunes destins contre une médaille et une ambassade. Trente ingrats. Durant la guerre, quel camp auraient-ils choisi ? La réponse était évidente : le mauvais. Celui des fascistes. Des puissants, des exploiteurs, à l'image de la société qu'ils s'apprêtaient à rejoindre. C'était vrai pour la plupart, un constat rassurant. Mais, à n'en pas douter, quelques-uns, les plus rebelles peut-être, auraient été mes compagnons d'armes. Ils voulaient partir, pour de mauvaises raisons, cela n'en faisait pas forcément des salauds. En dénonçant le tunnel, je les condamnais aussi. Le Parti, Käthe la première, ne faisait pas de manières ; il croyait encore à la force de l'exemple, aux vertus de la peur qui empêchait les actes suicidaires et protégeait les fondements d'une société. Il n'y aurait pas de détail, sauf pour quelques privilégiés, ceux que j'exécrais le plus. De lourdes peines, et le Parti calmait toute histoire de tunnel pour longtemps. Aux yeux de la RDA, de son projet, de son rôle à jouer, au nom de tout ce que nous avions déjà fait, c'était parfaitement normal et impératif.

Käthe commença à se rhabiller. Elle repassait le dimanche soir au ministère. Il fallait lui parler, il était encore temps. Elle rajustait ses bas. Elle aimait regarder ses jambes. Un bref moment, elle redevenait une femme, elle faisait de petites mimiques de satisfaction, ou râlait parce que les bas étaient filés ou dépareillés, cet instant de grâce ne durait jamais longtemps. Une fois debout, elle retrouvait son pas de soldat. Ce fut elle qui prit l'initiative :

— Que sais-tu du tunnel ? me demanda-t-elle d'une voix parfaitement neutre.

Je ne répondis rien, complètement interloqué. Elle poursuivit :

— Ne me dis pas que tu ignores ce projet de tunnel, je ne te croirais pas.

— Comment sais-tu ? risquai-je.

— Max. Ton Max.

Le salopard. Il bouffait donc à tous les râteliers. Il fallait vite le voir.

— Il est bien, ce gars, poursuivit-elle. Il me fait beaucoup penser à toi. Il faudrait que tu songes à le faire décorer. Je me chargerai de la cérémonie. On a besoin de gens comme lui. Mercredi sous huitaine, nous nous ferons un dîner tous les trois.

Je bredouillai quelques mots sur le tunnel. Je n'en dis rien d'intéressant, je restai vague, j'en savais si peu d'ailleurs. J'évoquai un petit groupe, comme si c'était moins grave. C'était emberlificoté, mauvais, elle ne pouvait pas ne pas le sentir, j'espérais qu'elle me crût juste incompétent et négligeant. Ce fut elle qui me libéra.

— Maintenant sauve-toi, il faut que j'aille chez Ulbricht. Il dépérit en ce moment, il devient froid comme la pierre.

Elle m'embrassa, me dit en souriant que j'étais un bon soldat et que je l'avais merveilleusement bien baisée. «*Best ever*», me souffla-t-elle dans l'oreille.

Liz était en danger, mais je devais voir Max d'abord. Il semblait au centre de tout ce qui nous arrivait. Max habitait loin dans les faubourgs, dans un quartier réaménagé à la hâte. Rien ne l'obligeait à vivre là, il avait les moyens de s'offrir mieux. La nuit, quand le tramway cessait de fonctionner, il y avait plusieurs zones d'entrepôts à traverser à pied. Souvent, j'aurais juré y avoir entendu des loups. On n'y croisait personne. Aucun feu allumé. Nul endroit pour téléphoner chez moi, et prévenir Liz. Heureusement, Max m'avait montré des raccourcis, j'y serais vite.

La petite bicoque semblait vide. J'espérai ne pas avoir fait tout ce chemin pour rien. Max me laissa frapper longtemps à la porte avant de m'ouvrir.

— Camarade Gerd, tu es fou. Que viens-tu faire ici à cette heure ? me demanda-t-il, avec un air sincèrement surpris.

— Prendre de tes nouvelles, sale enflure. Tu me crois trop vieux pour te défoncer le crâne ? Käthe est au courant pour le tunnel. Pour qui roules-tu ?

Je jetai ce que je pouvais pour l'impressionner, mais j'étais terrorisé à l'idée de me battre contre lui. Je n'aurais pas fait le poids. J'avais peur qu'il s'en rendît compte, alors je restai sur ma rage, éructant comme un damné. Il commença à faire marche arrière, je gagnai cette première manche. Il ne sortit plus un mot, se contenta de mouliner des bras. Puis dit enfin :

— Arrête de gueuler ! J'étais obligé. J'étais obligé de lâcher un peu, tu comprends ? C'était pour te protéger. Tu imagines que l'épisode du bus allait se passer comme cela ? J'ai emmené Käthe sur une autre piste, un groupe qui lui aussi travaille à un tunnel, mais qui n'a pas l'appui des Américains. Une petite bande de bourgeois inconnus, sans appui et pas très futés. D'authentiques contre-révolutionnaires qui achètent tout leur matériel au même moment, au même endroit ! Cela n'a pas pris plus d'une journée pour qu'on m'alerte. Un mois qu'ils se font les bras, mais ils n'iront pas plus loin. C'est une affaire d'heures maintenant.

Il avait l'air sincère. Il s'était calmé, presque souriant.

— Pourquoi tu ne m'as rien dit sur ce groupe ? demandai-je.

— Avec tout le respect que je te dois, si tu avais été aux affaires récemment, tu n'aurais pas eu besoin de moi pour le savoir. Ils ont accumulé tant d'erreurs que cela devenait gênant de les laisser continuer, et faire comme si on n'entendait rien. Je n'avais pas prévu de les vendre si tôt. Je me les gardais pour la bonne bouche.

— Et les Américains te laissent faire des choses comme cela ?

— Ils choisissent leurs combats, me répondit-il avec assurance. Si la perte de ces péquenauds consolide l'autre projet, ils ne peuvent qu'approuver. Mieux vaut une belle fuite que deux projets qui foirent lamentablement.

Ses idées étaient claires. Il ne tremblait plus. Je me rendis compte que je ne connaissais pas cet homme. À qui était-il inféodé ? Aux Américains ? À Käthe ? Pas à moi en tout cas. Il devait me trouver faible et incompétent. Il fallait m'en protéger.

Il sortait de notre école de formation, et nos services avaient épluché son pedigree. Rien à signaler. Un homme sans exaltation, la tête sur les épaules. Pas de vices connus qui pouvaient le rendre vulnérable. Comment se retrouvait-il trois ans après à travailler pour les Américains ? C'était trop facile. Ce garçon n'avait aucune raison de changer si vite de bord. Sauf à ce qu'on lui eût ordonné de jouer ce jeu. Que Käthe fût derrière lui depuis le début.

Max devenait insaisissable. Une roulette russe. S'il le voulait, il me livrait. Je devais vite m'en protéger, et dénoncer à Käthe ses agissements. Si elle était à l'origine de tout cela, elle en sourirait et se ficherait de moi (« eh bien ! tu as mis le temps ! »). Si Max était vendu aux Américains, j'achetais un peu de tranquillité. Il en viendrait à m'impliquer, à parler du bus, mais je pourrais prétendre que c'était pour mieux le ferrer.

Rien ne l'empêchait d'adopter la même stratégie. Celui qui agirait le plus vite vis-à-vis de Käthe aurait un avantage certain.

Il sortit une bouteille de vodka. Nous bûmes debout. La paix des braves ! Après tout, pourquoi pas. Je continuai à m'inquiéter pour Liz, même si Käthe en savait peut-être moins que je ne le craignais.

— Tu n'as toujours pas fait installer le téléphone dans ton palace ? demandai-je.

— Non, trop dangereux. J'utilise celui du rade d'à côté, mais il est fermé à cette heure. Tu voulais joindre Elizabeth ? Elle est chez toi ? m'interrogea-t-il, bien décontracté cette fois.

Pendant des mois, j'avais regardé Max comme quelqu'un d'assez scolaire, très bon élément, mais académique. Je le découvrais. Il semblait maîtriser son sujet et avoir plusieurs coups d'avance. Comme je ne répondis pas, il me servit une nouvelle rasade, c'était lui le chef. En grand seigneur, il m'invita à me détendre. Il me proposa son seul fauteuil et s'installa sur sa paillasse, le dos calé au mur. Je bus sa potion. Elle faisait du bien. Il me resservit aussitôt. L'alcool descendait facilement. Les traits de Max s'adoucirent, je le vis hilare, comme un enfant. Il trinquait de bon cœur, de plus en plus bruyamment. Nous enchaînâmes plusieurs verres sans parler. Juste la vodka qui ravalait nos gorges. Il lui fallait m'en dire davantage. Je profitai d'être encore à peu près en état.

— Max, pourquoi fais-tu cela ? Tu as un grand destin ici. Tu es la coqueluche de Käthe. Elle n'a plus que ton nom à la bouche. D'ailleurs, mon cochon, elle t'invite ce mercredi, rien que ça.

Il me regarda avec un air un peu idiot. L'alcool sans doute. Il n'avait pas l'air si étonné de ce que je venais de lui dire. Pas spécialement honoré non plus. Je continuai :

— Qu'espères-tu des autres ? Qu'ont-ils pu te promettre pour que tu prennes de tels risques ? C'est un immense gâchis. J'ignore pourquoi tu fais cela. Moi, je sais pourquoi je les aide, mais toi ?

Il sourit. Il me demanda si j'en avais fini avec mes questions. Je ne lui faisais plus peur du tout. De nouveau bien adossé au mur, il but de nouveau. Prit son temps, puis, magnanime, me dit :

— Profite du moment ! Ne te pose pas trop de questions ! Bon Dieu, Gerd, on est les rois du monde, on les tient tous ! On va faire ce qu'on décide. Dans tous les cas, on en sort gagnants. C'est bon ce pouvoir, non ? Toi, cela fait vingt ans que tu côtoies les sommités, et regarde où tu es. Crois-moi, ta Käthe, si je dois la baiser, je le ferai, mais j'essaierai d'en tirer une belle place et un peu plus de maille que toi. Elizabeth m'a approché il y a plus d'un an déjà, si tu veux savoir. C'était du donnant-donnant. Je la renseignais sur diverses histoires, et elle me faisait tomber la taupe de Rostow. Ça te rappelle bien quelque chose la taupe de Rostow ?

Max me l'avait livrée tout cru il y a quelques mois. Un beau salopard qui faisait fuiter chaque mouvement des Soviétiques. J'en avais tiré beaucoup d'honneurs. J'avais fait ma part du boulot, mais Max avait été le ferment de l'opération. Et peu remercié. Tout le monde, moi le premier, avait pris cela pour la chance du débutant. J'étais écœuré d'apprendre que Liz avait plusieurs fers au feu et qu'en quelque sorte elle me faisait espionner, mais la vodka m'incitait à prendre les choses avec fatalité.

Des chasseurs obnubilés par nos proies, voilà ce que nous étions. Elle, lui, moi. Käthe aussi. Tout était bon pour arriver à nos fins. Parfois on y perdait tout horizon, et ce n'était qu'à l'issue de la traque qu'on avait une infime chance de donner un peu de sens à nos gesticulations.

Je me relevai péniblement de son fauteuil. Je n'en savais pas beaucoup plus, mais je n'avais pas le courage de rester davantage. Pour des raisons très différentes, nous nous retrouvions dans le même état, vaguement traîtres à notre patrie, peu convaincus par l'autre bord. J'avais parcouru une longue route, il ne faisait que la commencer. Quand je pouvais vivoter dans ce no man's land, lui devrait vite choisir, c'était ce qui le rendait dangereux, mais, ce soir-là, je n'avais pas la force de m'y opposer.

Le chemin du retour me parut étrangement bruyant, les sons naissaient de tout et rien, amplifiés comme jamais. Liz n'était plus chez moi quand je rentrai. Je n'arrivai pas à être inquiet, trop saoul pour cela. Je me rassurai en me disant que Max avait jeté Käthe sur une autre voie, une tranquillité de quelques jours. Et que Liz avait déjà regagné Berlin-Ouest.

J'appréhendais le dîner chez Käthe en présence de Max. Je ne pus rien faire de l'après-midi et j'envisageai de retourner chez lui sceller un accord, mais c'était casse-gueule, dans quelles dispositions le trouverais-je, et pour tout dire je n'avais rien à lui proposer. Je ne le sentais pas prêt à dénoncer la bande du vrai tunnel, cela laissait un peu de temps. Je traînai tout l'après-midi, sans nouvelles de Liz, sans idées sur la suite, et je fus soulagé, en franchissant le seuil de l'immeuble, d'en finir avec cette attente.

L'intendante militaire de Käthe qui faisait des extras quand sa patronne recevait m'installa dans le salon. Nous nous connaissions, mais elle restait difficile à percer. Ce soir-là, elle semblait pressée de retourner en cuisine. Pas un bon présage. Käthe était dans sa chambre et parlait avec quelqu'un. Je ne reconnaissais pas la voix de Max. Cela dura une bonne demi-heure. L'échange à travers les murs était calme, on entendait à peine l'homme. Käthe, à l'image de ces derniers jours, paraissait enjouée, et en dépit du profond malaise qui me tenaillait je me laissai bercer par sa mélodie.

J'étais à moitié assoupi quand Käthe déboula dans la pièce.

— Oh, tu es déjà là, toi ? me glissa-t-elle comme presque surprise de me voir.

Je m'apprêtais à bredouiller une quelconque explication, elle me coupa :

— Suis-moi, je vais te présenter notre invité.

Elle me fit entrer dans la salle à manger. Debout, derrière la chaise, droit, tendu, se trouvait un jeune garçon. Mon garçon. Dietrich. Je n'avais pas de mots. Dietrich, ses deux mains posées sur le dos de la chaise, affichait un sourire poli de pensionnat et attendait que quelqu'un prît l'initiative. Käthe savourait le moment. Elle me dit :

— Je ne vous présente pas, n'est-ce pas ?

Dietrich me salua d'un mouvement de tête, prenant garde de ne pas quitter sa chaise. Je m'approchai de lui. J'allais enfin pouvoir le serrer dans mes bras. Il s'était un peu remplumé, ce n'était plus un enfant. Il se laissa embrasser sans marquer aucune émotion. Il ne sembla ni surpris, ni effrayé, ni rien. Il restait disponible, à l'image de ce qu'il avait toujours été. Ce garçon respirait la gentillesse. Tout dans son attitude, dans son regard, appelait l'envie de le remercier et de pleurer d'un tel bonheur. Mareike, Käthe et sa Caserne, tous pouvaient être fiers d'avoir façonné un tel jeune homme. Quand je marmonnai plusieurs fois son prénom – et ce furent honnêtement les seuls mots que je pus prononcer –, il me sourit comme s'il était là pour m'aider. Nous restâmes ainsi longtemps, moi suffoqué, incapable de la moindre parole, et Käthe eut la pudeur de ne rien dire qui pût rompre le charme. Elle s'éclipsa en cuisine, et revint avec des verres de vin.

— Trinquons ! Reprenons des forces. Un grand repas nous attend.

Käthe était au diapason de la soirée. Belle, très soignée, d'une infinie délicatesse. Elle seule lançait la conversation. Elle avait préparé quantité de sujets. Nous parlâmes grands projets et sport. Dietrich avait des avis d'une belle maturité qu'il donnait méticuleusement. Nous parlâmes aussi jeu d'échecs, Käthe m'annonça fièrement qu'il y excellait, elle semblait le connaître comme sa mère. Nous passâmes un excellent moment. Au fur et à mesure du repas, je me détendis, et oubliai les questions de base : Que faisait-il là ? Comment m'avait-elle présenté ? Se doutait-il que j'étais peut-être son père ? Quelles raisons avait-elle données à ce dîner ?

Käthe, de toute évidence, prenait un immense plaisir à cette rencontre. Je retrouvais son regard, celui qu'elle avait lorsqu'elle se penchait sur les landaus des *Trümmerfrauen*. L'après serait plus amer, mais je profitais du répit : Dietrich était tellement beau. Quand il fut vingt-trois heures trente, Käthe accéléra le mouvement. Elle avait promis au directeur de la Caserne que Dietrich serait rentré avant minuit. Elle fit appeler l'estafette. Nous nous séparâmes dans la précipitation. Elle l'accompagna jusqu'au bas de l'immeuble, je restai dans la salle à manger et m'assis à la place de mon garçon. Je craignais le regard de Käthe à son retour. Rien de tout cela n'était gratuit, mais je l'avais redécouverte ce soir, et j'aspirais à ce qu'elle laissât vivre encore un peu la soirée. Il serait bien temps de tout gâcher. Elle revint souriante, s'approcha de moi et m'embrassa longuement. Je sentis ses larmes couler sur nos joues. Elle finit par me glisser :

— Je te pardonne. Sauve-toi maintenant. Je t'appellerai demain.

Et comme j'enfilais mon pardessus, elle ajouta :

— Tu me parleras du vrai tunnel, et on verra ce qu'on fait de Max.

Loin de me doucher, la dernière phrase de Käthe m'apparut comme naturelle, presque attendue, dans la logique de ce que je venais de vivre.

Käthe avait ses doutes sur Max et allait l'interroger. Aucune raison qu'elle n'apprît pas vite tout de mes agissements. Elle recollerait sans problème les morceaux. Elle saurait. Question d'heures, de jours au mieux. Je me rendis à cette évidence. À l'acceptation de sa force et de son génie. Car il s'agissait bien de cela, j'étais livré à une déesse incroyablement plus féconde que je ne pourrais jamais l'être, qui construisait le monde et le possédait, dans la moindre de ses ramifications. Où ni le doute, ni le hasard, ni la moindre bassesse n'étaient permis. Käthe me donnait une fois de plus une leçon.

Je revis cette femme, et nos années défilèrent, des années de confidence, où elle m'avait dit ses espoirs, cette Caserne qui la passionnait et dont elle espérait tant. Ces nuits, toutes ces nuits où elle s'était offerte, qu'en avais-je fait, quelle dignité leur avais-je donnée ? Ce corps asséché par la guerre, lentement modelé, long et beau corps, dont elle était arrivée à être fière, nu sur le sable de Rügen, corps absolu de femme, pourtant si différent des autres, l'avais-je aimé comme il aurait fallu ?

J'allais mourir de ses mains. Une douleur et une consolation. J'aurais dû mieux l'aimer, c'était désormais mon immense remords. Il était bien tard.

Une fois rentré, je fouillai ma commode. Elle était là. Une capsule, confiée par Günther Weisenborn lui-même, « ne fais pas l'idiot avec, mais ne t'en éloigne jamais », que j'avais remisée dès le dernier jour de la guerre. Je l'avais gardée comme un souvenir d'abord, pour ne jamais oublier, puis je m'étais figuré qu'un jour, quand on m'annoncerait qu'il fallait me couper la patte, elle me serait utile. Son aspect avait un peu changé, je me la rappelais plus limpide, clarté toujours observée avec effroi, quelques millilitres d'élixir si purs, si anodins. J'ignorais si elle faisait toujours effet, j'imaginais que oui. Je la mis de nouveau au fond de ma poche de veston, comme j'avais coutume de le faire pendant la guerre, en prenant soin de bien la cacher sous un pli de la couture, on me l'avait appris ainsi. J'étais prêt.

Prêt et à bout de forces. Je ne pouvais regretter les derniers jours, une belle fin : la nuit avec Liz, la Käthe des premières années qui avait resurgi, et ce fils prodigieux, qu'il m'était donné de revoir. Comme une ultime consolation.

Cette nuit, je bus et rêvai beaucoup. Je me promenai haut sur une longue et fine ligne de brèche, une corniche qui surplombait Berlin, et le vide, partout autour de moi et terriblement installé, ne cessait de m'appeler. C'était éreintant et, quand tout m'exhortait à sauter et me sommait d'en finir, j'étais gagné par l'euphorie de ces moments extraordinaires et me prenais à en désirer encore, et à continuer cette marche de funambule, dans un équilibre miraculeux, à grands pas désordonnés qui gîtaient d'un côté à l'autre, en fait davantage clown que funambule.

Je revis Käthe le lendemain. Elle m'installa dans son salon. Comme toujours, ce fut elle qui brisa le silence :

— Il est magnifique, n'est-ce pas ? Tu sais qu'il a été assez longuement malade ? Je suis passée le voir à plusieurs reprises pendant son infection, crois-moi, il n'était pas beau à voir. Mais nous nous en sommes bien occupés.

Cela expliquait la longue absence de Dietrich aux sorties. J'avais ruminé cela pendant des mois sans pouvoir en parler à personne, persuadé que je lui avais porté malheur avec mes mensonges et sa mort factice. Käthe, elle, savait. Il n'y avait qu'à lui demander. N'était-ce pas notre règle de vie depuis toujours ? Käthe savait. Quand lui avais-je vraiment appris quelque chose ?

— Tu les couves tous ainsi ? demandai-je, très mal à l'aise.

J'attendais la suite, quand ses hommes allaient surgir dans la pièce.

— Oui, presque tous. Mais lui, reconnais qu'il en vaut particulièrement la peine. C'est un des plus grands de la Caserne. Je les prépare, lui et ses camarades de promotion, à leur sortie. Ils ont chacun un potentiel inouï, peu de gens en sont conscients, cela va être une fichue révélation, et crois-moi, nous en serons largement remerciés. Mais il faut soigner ces derniers mois.

Pour quelle raison Käthe continuait-elle à m'associer à ce projet ? Je n'avais rien fait de concret pour la Caserne depuis des lustres, si ce n'était en taire son existence. Et depuis quelques jours, elle avait toutes les raisons de douter de moi. Elle continua pourtant :

— Sais-tu que certains parlent parfaitement anglais ? À s'y méprendre. J'ai aussi un petit réservoir d'élèves qui parlent mieux russe que Khrouchtchev, me dit-elle fièrement.

Je l'ignorais. Comment l'aurais-je su d'ailleurs ? Elle n'entrait jamais dans ces détails.

— Tu comptes les envoyer à l'étranger ? Je croyais qu'ils étaient destinés à l'essor de la RDA ?

Pourquoi me prêtais-je à cette conversation qui n'aurait bientôt plus aucun sens ? Que faisaient ses hommes, qu'attendaient-ils pour m'arrêter ? Il me faudrait trois secondes, j'avais répété le geste la veille. C'était assez, ils n'auraient pas le temps de m'en empêcher.

— Gerd, joue avec les bandes, bon Dieu ! Ne t'inquiète pas, ils nous seront utiles, ainsi planqués. De vrais informateurs, bien intégrés, très intelligents pour exploiter les informations qui leur passeront sous le nez. Je vais commencer à les disséminer dans les prochains mois.

Les infuser en URSS, c'était chose relativement aisée, nous le faisions déjà. Mais ceux destinés à l'Ouest ? De nouveau, elle devança ma question :

— C'est là où je vais avoir besoin de ton tunnel. Je vais en faire intégrer trois au projet. Dietrich en fera partie, dit-elle en me fixant.

C'était donc mon tunnel. Et c'était donc Dietrich. Cela semblait facile dans les mots de Käthe qui continuait de m'observer. Son regard restait droit, sans aucune méchanceté. Elle me jaugeait, comme elle l'avait souvent fait. Avec beaucoup de calme et de patience. Puis s'approcha, prit ma main dans les siennes, dut sentir combien j'étais mal et perdu. Dietrich allait ainsi partir, trouver cet Ouest, avoir une chance de revoir sa mère. Je venais à peine de le revoir. Elle me serra la main encore plus fort et continua :

— Je sais ce qui t'attache à lui. Mais c'est une opportunité que je ne veux pas perdre. Crois-moi, j'ai tourné la question dans tous les sens, et c'est ça qu'il faut faire, et c'est lui qui doit y aller, c'est notre meilleur atout. Fais-moi confiance. Nous avons avec ce tunnel une belle occasion de retourner la situation à notre avantage. Tu seras fier de ton fils.

— Écoute, je ne sais quasiment rien de ce tunnel, et c'est pour cela que je ne t'en ai pas parlé jusqu'à présent, coupai-je.

Pathétique. Un enfant en train de pleurer devant son professeur. Elle balaya cela :

— Tu n'as pas à te justifier. Crois-tu que j'ai le moindre doute sur ta loyauté ? Crois-tu que j'ignore combien il faut se compromettre pour obtenir de vraies informations ? Continue à faire ta tambouille, vois ta petite Américaine ! Donne le change, c'est précisément ce que j'attends de toi. Baise-la s'il le faut !

Elle me regarda, puis, curieusement, observa ses mains blanches me serrer encore. Des mains qui n'avaient jamais connu la manucure, mais restaient jolies, musclées et fines. Elle relâcha l'étreinte, et leur fit faire quelques déliés de danse, des volutes douces et précieuses. Elle m'enlaça et me dit :

— Cela aussi, je peux l'accepter.

Qu'y avait-il à répondre ? Elle s'était rapprochée suffisamment pour me cacher son visage. Je sentais sa tempe battre contre la mienne, j'étais baigné de ses cheveux, de ses pleurs aussi.

— Nous partageons le même idéal depuis cette saloperie de guerre, continua-t-elle si bas que j'avais peine à la suivre. Entends-moi une fois pour toutes : je me refuse à avoir le moindre doute sur toi ! Le jour où j'en aurai, je me ferai sauter la tête, me promit-elle. C'est aussi simple que cela. Notre monde est suffisamment gluant et faux. Je crois en toi depuis la guerre. Et j'ai besoin de toi. Donc, s'il te plaît, ferme-la et obéis-moi comme tu as toujours su le faire. Continue à t'intéresser à ce projet, fais comme tu l'entends, mais introduis-moi Dietrich et ses deux camarades, je t'en supplie.

Elle m'embrassa longuement, pleine de confusion. Je venais de recevoir l'absolution. Le miracle se perpétuait. Je continuais mon chemin de brèche. Puis, elle se ressaisit. Alla à la fenêtre, nous ouvrit de nouveau au monde.

— Max représente un risque, continua-t-elle. Il en sait plus qu'il nous dit. Nous devons nous méfier. Il est fort, indéniablement très fort, mais tu n'arrives plus à le contrôler. On ne peut pas le laisser continuer ainsi, c'est un crève-cœur, car c'est certainement un de nos meilleurs agents, mais maintenant, pour ce que je veux faire, j'aimerais que tu l'écartes de tout cela.

Je repensais à mon fils, j'aurais la chance de le côtoyer à quelques reprises avant de le laisser partir. C'était mieux que rien.

Que voulait-il faire de sa vie ? Que savait-il déjà de sa mission ? Combien de temps allait-on lui demander d'être dormant ? Des questions dont j'étais dessaisi. Käthe me laissa digérer l'ordre des choses. Elle disparut pendant vingt bonnes minutes, puis revint affublée d'une robe de chambre d'une laideur inouïe. Elle vit ma surprise, et se mit à rire de bon cœur. Je ne l'avais jamais vue attifée de la sorte, elle était pourtant plus jeune que jamais. Quand elle eut bien ri, elle me proposa de rester pour la nuit.

— J'ai juste envie de te savoir à mes côtés. Tu veux bien ?

Ce « tu veux bien ? » nous renvoyait si loin. Je n'en revenais pas. Loin de toute séduction, de toute menace. Comme si nous avions vingt ans, et qu'il fallait nous apprivoiser. J'eus du mal à accepter, j'avais tellement peur que tout cela ne fût pas vrai.

Le lendemain, elle ne me congédia pas, comme elle le faisait parfois, mais m'invita à rester le temps que je voulais. Elle partit au ministère, je restai seul dans son appartement. Je résistai à l'idée de fouiller ses affaires, même si son secrétaire n'attendait que moi. Je fis confiance à l'incroyable étoile de ces derniers jours.

Les deux femmes de ma vie se rejoignaient et partageaient le même secret, un boyau de cinq cents mètres qui passait sous les chevaux de frise et reliait les deux parties de la ville. Il me fallait le voir, rencontrer ces gars et filles à la manœuvre, respirer l'odeur de terre mouillée de ce corridor. Mais d'abord m'occuper de Max. Qu'il débarrasse le plancher. J'allais lui faire peur et l'expédier ce jour même à l'Ouest. Tant pis pour ses rêves de contrôle total. Il n'avait plus les moyens de renchérir. Il était suffisamment intelligent pour le comprendre.

Quand j'arrivai aux abords de sa baraque, je sus que ma tâche allait se simplifier. Le pressentiment que quelqu'un venait de passer juste avant moi. J'aurais été incapable d'expliquer pourquoi. Max m'attendait dans « mon » fauteuil. Il bavait, les yeux révulsés par le cyanure. Malgré l'horreur de son visage, je n'arrivai pas à le quitter. Même si sa disparition m'allégeait, si je ne pouvais espérer mieux, j'eus conscience de basculer dans un autre monde.

Je me résolus à partir. Par une espèce de réflexe atavique, je fouillai ses affaires. Il n'y avait rien qui pût me renseigner, je reconnus la prudence de Max, inégalée jusqu'à ce soir. Il semblait avoir avalé son cyanure d'un commun accord avec son agresseur, aucune trace de lutte, Max assis posément, sa tête et seulement sa tête atrocement tourmentée.

Sur le chemin du retour, je repensai à ses mots : « Nous sommes les rois du monde. » Pas tout à fait. Quelqu'un tirait les ficelles au-dessus de nous. C'était de bonne guerre. Je n'imaginais pas Käthe commanditant le meurtre. Elle avait des moyens plus subtils de faire disparaître Max, et se serait occupée du corps. Tout m'invitait à rendre visite à Liz. Elle avait certainement sa part de vérité et d'explications.

Berlin-Ouest était encore monté d'un ton depuis ma dernière visite. J'étais soufflé par tant de couleurs et de bruits. Quand Liz ouvrit la porte, je ne pus m'empêcher d'être content de la voir. Il y avait la mort de Max bien sûr, et je me doutais qu'elle y était pour quelque chose, mais j'étais soulagé de la savoir vivante. Elle aussi semblait émue. Nous étions de nouveau si empruntés que nous nous contentâmes de nous effleurer les lèvres. J'aurais voulu la prendre dans mes bras, l'emmener dans sa chambre, mais c'était déjà si loin. Nous nous installâmes dans la cuisine à notre habitude. Nous avions peu loisir de profiter de l'après-midi, il fallait avancer. Si je ne le faisais pas, mon camp – je continuais de dire « mon camp » – ou l'autre le feraient pour moi. Je me lançai :

— Max a été assassiné. Je l'ai retrouvé…

— Gerd, c'est nous, coupa-t-elle en s'approchant de moi.

Comment avaient-ils pu faire aussi vite ? C'étaient de véritables sauvages. Max donc. Moi bientôt ? Malgré mon dégoût, j'étais heureux d'avoir la confirmation que Käthe n'y était pour rien.

— Max avait commencé à nous faire chanter. Il menaçait de révéler l'existence du tunnel. On ne pouvait pas accepter que cela dure.

L'obscurité s'installait. Liz déjà dans la pénombre. J'aurais tant aimé retrouver la légèreté d'avant, pouvoir profiter de cette heure.

— Tu vas nous aider, n'est-ce pas ? me demanda-t-elle, au bout d'un long silence.

Elle se rapprocha. Elle était vraiment belle. Une beauté indemne de toutes ces saloperies. Pas froide, humaine, très profondément humaine même, pourtant inaccessible au commun des hommes. Et l'avait-on approchée, qu'on était aussitôt projeté dans l'effroi de la perdre.

— Oui, ne t'inquiète pas. Rassure tes amis. Pas la peine qu'ils me fassent la peau, dis-je.

Elle se contenta de sourire.

— Il faut que tu continues à te renseigner. Ils sont beaucoup dans ce groupe, on ne sait pas s'ils sont tous clairs. Cela nous aiderait, si tu pouvais tendre tes antennes.

— Ce serait bien que je les rencontre, profitai-je. Je ne sais rien d'eux, j'ai besoin de les sentir. Et ne t'inquiète pas, je saurai vite qui sont les brebis galeuses. Mais tu me laisses carte blanche. Et tu éloignes tes amis américains ! Tu sais ce que je risque, n'est-ce pas ? Je n'ai pas envie d'être débusqué par un de leurs faux pas.

— Je suis heureuse. Tu ne peux pas t'imaginer combien je suis heureuse.

— Heureuse de quoi ? lui demandai-je.

— Que tu te sois décidé. Que tu sois bientôt avec moi. Quelques semaines encore à attendre.

— Liz, c'est… C'est plus compliqué que cela.

Liz se rembrunit. Comme si mon départ pour l'Ouest était acquis.

— Viens, lui dis-je. Viens, ne dis rien. On ne sait rien. On ne sait rien encore de ce qui se passera. Ce n'est pas utile d'en parler maintenant. Laisse-moi un tout petit peu de temps.

Pendant que nous nous embrassions, je pensai à ce qu'elle me proposait, cette infinie tentation de la suivre, de m'en remettre à elle et gagner l'Amérique, cette terre dorée. Ce plaisir intense et terrible de savoir que c'était toujours possible, que cela ne tenait qu'à moi. En attendant, la possibilité m'était offerte de faire partie du groupe. J'allais infiltrer les garçons, faire ce que Käthe voulait. Comme soudainement saisie, Liz se détacha de moi et m'observa, cherchant quelque certitude dans mon visage. Puis se remit dans mes bras. C'était trop tôt. Des choses devaient se faire, et il serait bien temps d'aviser.

Nous passâmes la fin de l'après-midi dans le silence de son appartement, profitant de la soirée qui montait, des bruits épars qui cassaient le temps et nous laissaient gentiment interloqués, dans l'incertitude de ce qui les avait provoqués. Le départ fut douloureux, mais j'étais pressé par la nuit. Il était difficile de s'embrasser comme deux amants après avoir parlé de ce fichu tunnel. Elle me quitta en me posant la main sur l'épaule, remit mon col comme il fallait, et me fit promettre de faire attention à moi. « Elle m'attendait. » On pouvait dormir d'une belle nuit sur pareille promesse.

Je rencontrai les instigateurs du tunnel quelques jours après. Ils avaient été prévenus de mon arrivée et me paraissaient peu méfiants, je leur en fis le reproche. Ils s'écrasèrent comme des enfants grondés, et me demandèrent des conseils. Il y avait beaucoup à leur apprendre, et je n'avais pas envie de perdre mon temps. De toute façon, ils étaient déjà découverts et ne devaient leur salut qu'aux plans de Käthe.

Malgré leur désinvolture, je n'eus pas accès au tunnel tout de suite. Nos premières discussions se passèrent dans différents cafés à la périphérie de Berlin, comme si ce qu'ils construisaient était d'une essence bien supérieure, qui dépassait leur sort, qu'il convenait de protéger le plus longtemps possible. Le tunnel était déjà bien avancé. Magnifique d'ingéniosité. Il n'était pas haut, pour éviter de charrier des monceaux de terre difficile à disperser. Un conduit d'un mètre de large sur un mètre dix de hauteur seulement, complètement mécanisé. La progression se faisait sur une petite palette qui roulait sur des rails de bois, une seule ligne pour l'aller et le retour. Il y avait plusieurs façons d'avancer. La plupart se calaient les fesses et le bas du dos sur la palette, la tête complètement à l'envers, et se propulsaient à l'aide des jambes, dans un rétropédalage énergique. De petites entailles étaient faites au sol entre les rails et permettaient ainsi aux pieds de grignoter la distance. D'autres choisissaient de rester assis et se tiraient, par les bras cette fois, au moyen d'une corde tendue en haut de la paroi. La première solution était beaucoup plus rapide et déraillait moins souvent.

Dans les premières semaines, je leur rendis quelques services. Même si Käthe savait déjà, je m'attachai à faire les choses proprement, et à ne pas éveiller d'inutiles curiosités. Son aide fut précieuse pour créer un chantier de voirie un peu plus loin dans la rue. Leur bruit masquait le nôtre, et les jeunes pouvaient ainsi opérer de jour comme de nuit. C'était un gros risque pour Käthe, même pour exfiltrer des taupes. J'ignorais si elle était couverte en plus haut lieu. J'imaginais un Parti tout entier mobilisé à la réussite de cette évasion. Tout juste s'il n'envoyait pas la troupe creuser avec nous.

Je les accompagnais aussi souvent que possible au « trou », comme nous l'appelions. Une façon de rester attentif à ce qui se passait, et d'avoir une idée assez exacte du calendrier et de l'issue du projet. C'était un périple pour moi d'arriver au bout du boyau avec ma jambe, je ne le faisais pas souvent. Quand j'y étais, je ne me débrouillais pas si mal. Il y avait un plaisir à taper comme un forcené dans cette terre bien noire, qui venait par gros morceaux quand on avait de la chance et que la glaise était suffisante, mais le plus souvent en petites portions, granuleuses au possible.

La terre suintait tout ce qu'elle pouvait et sentait bon la vie. Quand il pleuvait beaucoup, elle prenait une odeur plus nauséabonde. On forait, couchés en chien de fusil. Les abdominaux, les cuisses, les bras évidemment, tout était mis à contribution pendant une bonne heure. Après, il était temps de se faire relever, on était rincés. On avait dégagé une couche d'un mètre d'épaisseur, deux quand cela partait bien.

Les filles récupéraient la terre et la conditionnaient. Elles se chargeaient également de couper les planches et les madriers qui étayaient la galerie, juste ce qu'il fallait. Comme tous se plaisaient à le dire, « ils ne construisaient pas le métro », et si le boyau pouvait tenir jusqu'à la fuite cela leur suffisait. Je n'avais pas d'appréhension à me glisser dans ce conduit, et je ne crois pas que quiconque en eût. Comme si chacun était convaincu qu'au-delà du risque de se faire prendre on ne pouvait pas avoir en plus la malchance de se faire ensevelir par ce chantier. C'était pourtant de bric et de broc. Il ne fallait pas être trop regardant.

« Maintenant qu'on a fait tout cela. » C'est une phrase qu'on entendait souvent dans nos nuits. Elle disait tout. La peur de ne pas voir le bout. D'être rattrapés au dernier moment, d'avoir creusé des mois pour rien. S'ils savaient. Qui parmi eux les avait dénoncés à Käthe ? Je n'arrivais pas à m'en faire une idée. Y avait-il seulement un traître ?

Certains voulaient, dans la dernière semaine, inviter des amis, des connaissances à partager la fuite. Cela fit débat. C'était le moyen le plus sûr de se retrouver avec une armée de vopos sur le dos. Mais c'était diablement tentant : on pouvait faire sortir une centaine de personnes en une nuit. Peut-être plus. Beaucoup de calculs furent faits, et le nombre tenait beaucoup à la rapidité de chacun à s'extirper du boyau. Les plus réalistes craignaient des fuites de dernière minute et, plus encore, l'incroyable chaos qu'allait provoquer l'afflux de candidats au départ. Des gens qui n'auraient jamais fourré leur nez ici, et ne sauraient pas se servir de la palette pour avancer. Des gens qui crèveraient de peur au beau milieu du boyau et n'en bougeraient plus, au risque de tout coaguler.

D'ailleurs, qui était capable, en quelques heures seulement, de décider de tout quitter ? Ceux qui creusaient savaient pourquoi ils le faisaient, et ne se posaient plus de questions. Que pouvait-on espérer d'un gars à qui on annoncerait le matin, de but en blanc, qu'il pouvait dire adieu à vingt, trente, quarante ans de vie et de souvenirs ? Un gars qui voudrait réfléchir, mais il n'y aurait pas le temps, un gars qui ne voudrait pas partir tout seul, et souhaiterait régler deux, trois choses avant (« tu comprends, je ne peux pas partir comme cela »), qui en parlerait autour de lui pour être sûr de faire le bon choix, quelqu'un de dangereux dans toutes ses tergiversations.

Aucun n'imaginait que des infiltrés, envoyés par le Parti, pussent rejoindre le groupe. Ils étaient au point où seul le bout du tunnel avait une quelconque importance. Ils n'allaient pas à l'Ouest par idéologie, mais pour s'occuper d'eux, revoir de la famille pour certains, gagner de l'argent, profiter du Berlin dont ils avaient rêvé et qu'on leur avait bien vendu. Ils se moquaient de notre cheval de Troie. J'étais donc tranquille, et je pourrais rappliquer le jour dit avec mes gamins. Ils n'auraient pas le temps de s'y opposer.

Au bout d'un mois de gros travaux, nous dûmes arrêter. Le tunnel prenait l'eau. Rien d'étonnant, il avait plu sur Berlin sans arrêt, la terre avait longtemps semblé retenir tout ce qu'elle pouvait, mais avait fini par dégorger. C'était une inquiétude pour tout le monde. Il ne faisait jamais bon laisser un tel projet trop longtemps en sommeil.

Käthe me fit venir quelques jours après. C'était peut-être la plus contrariée de tous. Je fus alors certain qu'elle ne s'était couverte auprès de personne, et elle aussi, mieux que quiconque, comprenait tous les risques que nous faisait courir ce retard. Elle était surexcitée. De patience, elle n'en avait plus depuis longtemps : elle l'avait donnée à la Caserne, à la longue attente de la maturation de ces enfants et de leurs premiers résultats.

Depuis le tunnel, nous avions perdu l'habitude de nous voir à jour fixe. Nos rencontres y gagnaient. Nous avions plaisir à coucher ensemble, à dîner ensuite d'une petite soupe. Ou à ne rien faire, juste écouter ses disques pendant des heures. Nous redevenions jeunes. Nous ne parlions jamais de l'après-tunnel.

Elle n'osait aborder le sujet. Et c'était une question à laquelle je n'arrivais pas à réfléchir, que je ne cessais de différer, en me disant qu'il y avait encore un peu de temps.

L'énergie, l'amour devrais-je dire, qu'elle mettait dans nos soirées, disaient tout de son appréhension. Un vertige que je partageais, peut-être pas pour les mêmes raisons. Nous nous doutions du pouvoir de ce tunnel, et de ses mille façons de déchirer notre vie. Aussi quand nous comprîmes, sans nous l'avouer, qu'il nous fallait nous tenir prêts et n'avoir aucun regret, nous commençâmes à faire l'amour comme des êtres perdus, à qui il ne restait plus que ça.

Nous fîmes aussi quelques excursions dans des lieux visités après la guerre. Elle semblait garder un excellent souvenir de tous ces moments, bien plus que je ne l'aurais jamais imaginé. Cela me toucha. Nous avions toutes les peines à quitter chaque endroit, nous en faisions le tour, dans une allure qui ne ressemblait en rien à celle que j'avais toujours connue, quand nous arpentions à grandes enjambées les kilomètres. Là, le pas se faisait petit, d'une lenteur infinie. Parfois, proches du terme de notre promenade, nous nous arrêtions, longtemps, sans un mot, sans une explication, et il fallait alors du courage pour rompre le silence et proposer de quitter les lieux.

Un soir, dans une auberge au nord de Berlin, elle me demanda pourquoi nous n'avions pas fait d'enfant. Je ne sus lui répondre. Je pensai que c'était largement de sa faute, mais à quoi bon gâcher ce que nous vivions. Je l'aimais sincèrement, comme j'aimais Liz. Et j'avais encore un mois pour me décider.

Le tunnel finit par reprendre. La terre était désormais plus facile à creuser. Il restait à bien viser. Les rues du secteur ouest avoisinantes du Mur étaient sous haute surveillance, depuis les postes de l'Est, il y avait des agents de chez nous qui faisaient attention à tout chantier suspect. Deux ans auparavant, un tunnel creusé par des gens de l'Ouest fut ainsi localisé, et nos troupes n'eurent qu'à attendre son passage sous la zone interdite pour creuser à l'aplomb et le mettre au jour. Il s'en fallut de peu que l'équipe ne se fît surprendre. Ils étaient deux à opérer quand les pelleteuses se mirent en branle, et l'un d'eux fut presque happé par le godet de la machine. Les deux gaillards rebroussèrent chemin aussi vite qu'ils purent, et murèrent eux-mêmes ce qu'ils avaient creusé, de peur de voir les vopos débouler à leurs trousses. Cet épisode faisait partie des bonnes histoires qu'on aimait se raconter à l'Est. Il rassurait sur le professionnalisme de notre renseignement, et l'image de ces pauvres gars, pris de trouille, forcés de maçonner à la va-vite, restait savoureuse.

On s'axa sur les caves d'un immeuble qui avait des magasins sur tout son rez-de-chaussée, ce qui assurait une tranquillité la nuit. Personne des étages, pas plus leurs amis que d'éventuelles âmes malintentionnées, ne pouvait les entendre forer quand ils seraient à proximité. D'après ce qu'on en savait, avant d'arriver au bâtiment, on devait couper une grosse canalisation qui passait perpendiculaire à notre couloir. Cela faisait plusieurs jours qu'on sondait la terre sans la trouver, et pourtant d'après les métrés, on n'en était plus loin.

Ils célébrèrent le passage théorique de la ligne de démarcation. Je participai à la fête. Moi aussi, j'avais fini par l'espérer cette ligne, et j'en étais content, comme eux, oubliant un moment pourquoi j'étais là, juste satisfait de la bonne fin de ces heures employées à creuser. Et c'était vrai qu'il y avait un côté magique, presque envoûtant et enfantin à se dire qu'on pouvait ainsi passer de l'autre côté, un sentiment de toute-puissance.

C'était un moment unique pour mes compagnons qui n'avaient pas remis les pieds dans le secteur occidental depuis 1961. Il y eut un peu d'interrogation, le chef métreur fut pris à partie :

— Tu es sûr ? On est vraiment de l'autre côté ?

— Complètement sûr, les gars. Pour tout vous dire, je pense qu'on y est même depuis dix mètres déjà, mais disons que c'est la part des anges, conclut-il avec satisfaction.

Ils avaient pris l'habitude de noter à la craie les différentes bornes, les cent mètres, les deux cents mètres, etc. On délimita proprement la frontière, comme si on eût été mandatés pour le faire. On écrivit : « VOUS

QUITTEZ LE SECTEUR SOVIÉTIQUE ! VOUS ENTREZ DANS LE SECTEUR AMÉRICAIN ! » On dessina à côté la statue de la Liberté.

La conduite se faisait désirer, mais nous finîmes par la croiser. L'immeuble était vingt mètres devant, une semaine encore de travail. Au vu de l'hystérie générale, personne n'accepterait de travailler davantage. Et quoi qu'il advînt dans sept jours, mes gaillards défonceraient le plafond.

Il était temps de rendre compte à Käthe. Et de faire un peu de lumière sur la suite. J'avais l'âge d'arrêter mes activités de renseignement. C'était aussi ma dernière chance de quitter Berlin, et mettre cette ville qui me hantait loin derrière moi. J'essayais de laisser Liz et Käthe un peu de côté pour faire mon choix.

Mes rêves, eux, ne les oubliaient pas. Des rêves lourds qui disaient tout et son contraire, nourris de scènes incroyablement fidèles : je revoyais Liz m'aimer, se pelotonner dans mon lit, je revivais des heures passées avec Käthe, heures oubliées qui avaient pourtant existé. Puis les rêves s'égaraient, j'en perdais tout contrôle, mais jamais ils ne réunissaient Liz et Käthe. Dans une sorte de sagesse, ils laissaient mes deux femmes à égalité et à distance.

J'imaginais ma vie avec Liz. Nous quittions Berlin, et partions là où elle était née. Parfois, nous allions voir Mareike, dans de grandes traversées américaines qui nous fatiguaient, mais dont nous ressortions heureux. Je goûtais à cette vie et n'osais admettre qu'elle me plaisait, mais c'était si évident. J'étais professeur d'allemand dans un bon collège, j'avais plaisir à faire chaque jour la route, conduire cette grosse cylindrée, m'arrêter le soir au drugstore pour acheter de l'alcool, de la viande et des sucreries. Les gens finissaient par m'aimer, oublier que j'étais allemand et communiste. Je refusais de parler aux journaux, je refusais de dire du mal de mon ancienne patrie, c'était déjà assez douloureux de se sentir traître à son pays. Et quand j'étais trop triste, perclus de remords, je regardais Liz dans sa grande cuisine, je l'observais minutieuse, accaparée par les préparatifs du repas, donnant des consignes à la domestique, souriant un peu bêtement à tout, chantonnant peut-être – les radios américaines sont tellement magnétiques –, affairée à rien, un rien dont on n'aurait pu se passer, mais c'était tellement délicieux. Le dimanche, pendant que Liz était à l'office, j'allais dans les quartiers déshérités, il y en avait, et je tournais de longues heures, en voiture, à regarder ces gens, à me dire qu'il faudrait leur parler, avoir ce courage, mais je pensais déjà à notre après-midi et, quand j'étais enfin sur le point d'engager une conversation, qu'un de ceux-ci me regardait dans les yeux, je me sauvais et regagnais, soulagé, la maison.

Tout cela était désormais possible, à portée de main, il ne s'en fallait que de peu.

Käthe ne tenait plus en place. Elle fut heureuse d'apprendre que le chantier touchait à sa fin. Les trois enfants étaient prêts. Ils connaissaient parfaitement leur leçon. On leur avait inventé une nouvelle famille, des raisons plausibles de prendre la fuite. Des taupes à Berlin-Ouest, installées depuis longtemps, encore jamais utilisées, seraient dégoupillées pour l'occasion. Elles se porteraient caution, et recouperaient la version des enfants, et tout pousserait à faire confiance à ces honorables personnes, notablement installées depuis des années.

Käthe finit par me demander ce que je comptais faire. Je lui répondis immédiatement que je ne partirais pas avec eux, si c'était la question. Contrairement à ce que j'escomptais, elle parut contrariée. Mais c'était Käthe. À quoi pouvais-je m'attendre ? Nos promenades s'étaient terminées le mois dernier. Seul comptait son projet et, s'il fallait ma disparition de l'autre côté pour lui donner une quelconque crédibilité, il n'y avait pas à hésiter.

— Tu es sûr que tu ne veux pas en profiter pour rejoindre ton Américaine ? me demanda-t-elle sur un ton que je n'arrivai pas à percer.

Elle s'assit sur l'accoudoir d'un fauteuil, un peu derrière moi. Elle me regardait de trois quarts. Tous deux avions devant nous la grande fenêtre de son salon. Les arbres étaient sans feuilles, ils attendaient la neige qui n'allait pas tarder. Leurs branches petitement éclairées de la lumière jaune de la rue se reflétaient et dansaient sur le plancher bien ciré, une hypnose douce qu'on avait plaisir à suivre, et qui meublait tous les silences.

— Tu veux vraiment me voir partir ? finis-je par demander, totalement perdu.

Elle ne répondit pas. C'était difficile pour elle comme pour moi, mais à son habitude, une fois décidée, il fallait aller vite et laisser tout regret de côté. À ce moment précis, elle me détestait d'insister. Elle n'avait certainement pas d'autre choix, et je me tus. Les branches, elles, continuaient leur doux manège, notre rencontre ne passerait pas l'heure, le temps de finir mon verre, et j'en étais presque à la fin.

J'aurais pu m'effondrer, tenter de l'apitoyer, mais à quoi bon ? J'étais au bord de la rupture comme elle. Ce gouffre, j'en avais largement dessiné les contours. Il fallait bien décider. Elle le faisait pour nous, j'aurais dû lui en être reconnaissant. J'allais donc quitter la RDA, jouer jusqu'à la fin de mes jours mon rôle de transfuge. Je ne la reverrais plus, peut-être aux actualités aux côtés d'Ulbricht. Je ne la reverrais plus. Cela sonna étrangement dans ma tête.

Comment se disait-on adieu en pareil cas ? Elle prit une petite photo écornée posée sur la cheminée – elle l'avait donc préparée – et me la tendit. C'était nous en 1946 sur une barque, une fin d'après-midi chez Ulbricht.

— On peut être fiers de nous, me dit-elle avec une infinie douceur.

Ce furent ses paroles. Désormais debout, face à l'autre, nous nous regardâmes longtemps, la gorge asséchée, tremblants. Des minutes sauvées. Je veux me souvenir qu'elle était aussi émue que moi. Elle me regarda de ses beaux yeux, sans flancher. Nous essayâmes de nous prendre les mains, mais c'était bien trop dur. Comme il fut bien trop dur de s'embrasser, et pourtant Dieu sait si j'aurais voulu la toucher encore, une dernière fois. C'était impossible, ni elle ni moi ne le pouvions. J'essayai de dire quelque chose, mais elle me supplia des yeux de n'en rien faire. Elle avait raison. Pas de mots, juste un pas, et se jeter dans le vide. Je fis ce pas, je lui effleurai le bras, comme j'aurais effleuré un cercueil pour un tout dernier hommage, puis me précipitai sur le palier.

Son escalier n'avait rien de sublime. Je regardai une dernière fois la frise qui représentait avec minutie les travaux des champs. J'observai des détails encore jamais vus, c'était la première fois que j'y prêtais vraiment attention. La porte cochère, puis l'avenue. C'était fini.

Tout s'enchaîna très vite. Les ingénieurs du groupe avaient bien visé. Le tunnel déboucha sur un gros mur de brique, qui ressemblait aux parois du bâtiment ciblé. Chaque coup résonnait à ne plus en pouvoir, et l'équipe de tête revint aux instructions, dans une grande excitation et une même panique. Il était quatre heures du matin. Est-ce que le bruit allait remonter dans le haut de l'immeuble ? Le protocole voulait qu'on prévînt les Américains, mais il y avait trop d'impatience, les gars retournèrent et défoncèrent le mur. Assez pour se glisser de l'autre côté. Là, comme pris de vertige, personne ne voulut y aller. C'était bientôt le matin, trop tard pour l'évacuation générale, alors ils reposèrent les briques arrachées du mieux qu'ils purent.

Dès le matin, je passai l'information à Käthe. Elle me fit répondre que les enfants seraient chez moi sous trois heures. Et ils furent déposés comme convenu. J'eus un plaisir inouï à revoir Dietrich. Je crois que lui aussi était content. Ses deux camarades lui ressemblaient. On sentait la marque de la Caserne. Ils étaient calmes, et me récitèrent leur histoire, ce qu'ils diraient le lendemain aux autorités américaines. Ils me dirent leur fierté d'être ainsi envoyés au front, je pense qu'ils ignoraient ce qui les attendait et n'avaient aucune idée de ce que cela signifiait, mais je n'eus pas le cœur de les décourager. Cela restait une aventure, un jeu pour eux. Ils se posèrent des questions pièges, chacun savait parfaitement sa leçon. Ils me demandèrent les consignes pour le soir. Je n'y avais pas pensé. Mon idée était d'arriver sur le tard, quand une partie du groupe serait déjà passée. Et de les injecter en profitant de la panique et de l'euphorie qui régneraient dans notre réduit. Nous dînâmes ensemble en silence. J'étais le plus noué de tous. Les enfants mangèrent avec bon appétit sans rien manifester.

Nous arrivâmes au tunnel vers vingt et une heures, et une bonne partie du groupe était déjà passée. Je ne savais toujours pas si j'allais obéir à Käthe. Un des organisateurs jouait le serre-file, et me demanda ce que je fichais à arriver si tard. On attendit dans l'ordre. À la queue leu leu. Le camarade Berndt avait le mauvais rôle : il délestait les candidats au départ de leurs biens trop encombrants. Malgré les consignes, certains étaient venus avec des valises. Une famille avec une poussette ! Les femmes, les enfants déjà transférés, il restait la plupart des instigateurs. Horst était vraiment obèse. Peut-être pour la première fois se rendait-il compte de l'étroitesse du boyau. Il commença à suer et cessa de parler. Aucun ne m'avait encore interrogé sur les garçons, comme si personne ne les voyait. Je les insérai dans la file d'attente. Klaus installait les gens sur la palette et les lançait. Il n'y avait pas de bruit, sauf le roulement des petites roues sur les rails de bois. Un départ toutes les trois minutes. De loin, on avait le sentiment d'une sacrée cadence, mais quand on attendait le temps devenait long. Je comptais dans ma tête et me disais : « Tiens, la palette devrait revenir maintenant. » Et elle revenait, c'était bien huilé. Je n'étais pas dans la file. J'étais un cadre, et j'irais en dernier avec les autres cadres. Il restait Horst, l'obèse, à s'engager avant que le premier des garçons ne passât. Dietrich juste derrière.

Ils arrivèrent à ce moment-là. Dans le plus grand silence, sans coup de feu. Les membres du groupe restés dans l'arrière-salle n'étaient même pas en joue. Simplement rassemblés près du mur. Certains pleuraient. Les policiers n'en rajoutaient pas. En contrebas, mon fils et son camarade devant lui s'engagèrent dans le trou, comme des lapins. Le lieutenant les regarda, médusé, puis leur cria d'arrêter. Ils n'obéirent pas et, comme le conduit se rétrécissait, se mirent à ramper. Mais ils furent vite bloqués par Horst, complètement en panique, qui avait fait dérailler la palette et barrait le boyau de sa grosse masse. Le lieutenant cria de nouveau. Quelque chose comme « cela suffit, les enfants ! », quelque chose qu'on aurait pu dire à deux gamins qui chapardaient des pommes. Mes garçons essayèrent de se frayer un passage. Alors le lieutenant dégaina, et tira une seule fois, sans qu'aucun de nous, pétrifiés, fît rien pour l'en empêcher. Le son fut étrange. La détonation, celle d'un pétard mouillé. Comme si elle ne comptait pas. Nous nous regardâmes avec le lieutenant. Il sembla demander ce qu'il convenait de faire. Il n'y avait plus un bruit. Je cherchai mon fils des yeux, je scrutai ce maudit boyau pour y deviner quelque chose, mais on ne distinguait qu'un enchevêtrement. Puis je l'aperçus enfin se faufiler par-dessus le corps de son camarade, et s'échapper hors de notre vue. Le lieutenant demanda à un de ses soldats d'aller voir ce qu'il en était des deux qui ne bougeaient pas. Nous attendîmes nerveusement. Le soldat cria que l'adulte était blessé, et que le garçon n'avait rien, mais qu'il était terrorisé. Le lieutenant nous demanda d'aller à leur aide. Et nous ramenâmes tant bien que mal Horst qui avait pris la balle dans la jambe. Le garçon revint aussi, il avait vieilli de vingt, trente ans d'un coup. Les yeux exorbités, il grelotait et, dès qu'il fut sorti du tunnel, se coucha de nouveau à terre comme un chien. Le lieutenant demanda : « Qui est-il ? » et tous se retournèrent vers moi. Je n'avais pas pensé à cela. Je n'avais pas de réponse. Et le gamin resté à nos côtés ne me fut d'aucune aide. Je dis la vérité :

— Quelqu'un que je ne connaissais pas me les a présentés cet après-midi. Et m'a demandé de les prendre avec moi. Selon lui, ils étaient attendus de l'autre côté. Il était déjà parti avant que je n'aie eu le temps de dire quoi que ce soit.

Le lieutenant me dit simplement « d'accord ». Il demanda à un de ses soldats de couvrir le gamin avec une bâche, et encouragea le blessé à tenir bon. Les secours arrivaient. Il conclut en disant :

— Vous vous êtes fichus dans de sales draps. Restez tranquilles maintenant, c'est le mieux que vous ayez à faire.

Puis il demanda à parler aux chefs de groupe. Tout cela se passa dans le calme. Mes amis se présentèrent spontanément. Je les rejoignis bien qu'on ne m'eût rien demandé. Le lieutenant continua alors les consignes pour que la sortie s'opérât au mieux. Il nous demanda combien étaient partis. Quand Jeroen lui dit vingt-trois, il soupira de dépit. Peut-être s'en voulait-il d'être arrivé trop tard. Puis il s'adressa à Jeroen :

— Tu vas traverser toi aussi. C'est ta chance. Tu vas leur expliquer ce qui vient de se passer. Ceux qui veulent revenir ne seront pas inquiétés, tu as ma parole d'officier, mais ils peuvent aussi choisir de rester là-bas si cela leur plaît. Quelle que soit leur décision, le sort de leurs camarades ici dépend maintenant d'eux. Tu vas leur dire. Nous ne voulons aucune publicité sur cette évasion. Si on n'en parle pas, la patrie saura se montrer compréhensive pour ceux qui restent. Qu'il y ait le moindre signe de gloriole en face, et je te promets l'enfer pour ceux d'ici. Et c'est valable pour les jours qui viennent comme dans dix ans. Tu as bien compris ? Tu sauras leur expliquer ? lui demanda-t-il en haussant sensiblement le ton et en me prenant à témoin.

Mais Jeroen ne voulut pas y aller. Il proposa sa place à quelqu'un d'autre. Alors le lieutenant sortit de ses gonds :

— N'abuse pas, connard ! C'est à toi que je viens d'expliquer, donc barre-toi maintenant ! C'est bien cela que tu voulais, non ? Dépêche-toi ! Et rappelle-toi bien : rien. Ni demain, ni dans dix ans. Sois convaincant.

Le reste du groupe nous regardait désormais. Jeroen, effondré, se glissa dans le conduit.

Je me demandai si Dietrich allait revenir, perdu, sans ses deux camarades.

Vingt minutes plus tard, nous entendîmes du bruit. C'était une femme qui revenait. L'officier l'accueillit comme une naufragée au long cours.

— Vous avez un compagnon qui est resté ici ?

Elle n'osa répondre ni désigner quiconque. Le lieutenant demanda aux soldats de s'écarter, puis il reposa la question plus doucement. Elle ne répondit toujours pas. Alors son mari sortit du rang et cria :

— Ne lui faites rien !

— Je ne lui ferai rien. Je n'ai qu'une parole. Prends ta femme et disparais, commanda-t-il avec beaucoup de calme.

Nous attendîmes encore quelques instants. Le lieutenant dit alors sur un ton presque fatigué :

— Bien, je crois que nous n'aurons plus de clients pour ce soir. Il est temps de fermer la boutique.

Des camions nous attendaient en haut. Nous nous installâmes sans bruit, et nous fûmes emmenés à la campagne. Nous atteignîmes un corps de ferme, fortifié, auquel on accédait par une seule et grande porte cochère. Certains trouvèrent le sommeil. Quelqu'un de motivé aurait sûrement repéré un moyen de s'échapper : la bâtisse était grande, ce n'était pas une vraie prison, nous n'étions pas entravés, il y avait bien sûr des gardes dehors, mais jeunes, et pas si nombreux. Se sauver pour aller où ? Nous préférions attendre.

Je m'occupai des deux garçons. Celui qui avait essuyé le coup de feu ne s'en remettait pas. Il avait un regard fou. Seul son ami pouvait l'approcher. Et ses cheveux semblaient à jamais blancs. Il faisait peur, et ne quittait plus sa position de chien battu. Quinze ans de Caserne, quinze ans d'enseignement d'élite avec les meilleurs professeurs pour terminer à terre, comme une bête. L'autre me fit la conversation. Dès que nous fûmes un peu seuls, il me chuchota des « pourquoi ? » qui n'en finissaient pas. Je ne sus quoi lui répondre. Il n'y avait pas de logique à cela.

L'escadron qui nous surveillait le faisait avec le même détachement que celui qui nous avait arrêtés. Sans cris, sans violence inutile. Ils se contentaient de ne pas nous parler, de ne répondre à aucune de nos questions, et vite nous comprîmes qu'ils ne savaient rien. Qu'ils ne sauraient dire combien de temps nous allions rester là.

Nous ne manquions de rien. Il y avait de la paille, des couvertures. De quoi se laver et manger un peu. Il ne faisait pas si froid pour la saison. Après quelques jours, certains s'enhardirent dehors, dans la cour intérieure de la bâtisse. Les soldats n'y trouvèrent rien à redire. Après notre naufrage, nous étions tous parfaitement calmes et résignés.

Nous continuions à avoir peur. Peur de dormir. Peur de cette balle logée au creux de la nuque. Mais on finissait toujours par se réveiller. Et rien ne se passait. Je me demandais ce que fabriquait Käthe. Elle ne pouvait pas ignorer que nous étions cantonnés ici. Savait-elle que deux de ses garçons n'étaient pas passés ? Qu'il n'y avait que Dietrich.

Comment s'en sortait-il de l'autre côté ? Une nouvelle vie commençait pour lui comme pour les autres fugitifs. Il allait se glisser dans son nouvel univers, il aurait le droit d'en profiter autant que les autres jusqu'au jour où Käthe se rappellerait à son bon souvenir.

Elle arriva en plein milieu d'après-midi. J'étais avec les deux gamins. Nous somnolions, profitant un peu du soleil d'hiver, allongés sur une botte de foin. Ce fut son ombre qui me tira de mon sommeil, puis je la vis penchée sur nous, médusée par l'aspect des gamins en déshérence depuis plusieurs jours. Elle ne me dit rien, se retourna vers son aide de camp et lui demanda d'accélérer la sortie des deux enfants. Puis elle se pencha de nouveau et me chuchota :

— Je te laisse là encore un peu de temps. Je ne veux pas qu'on se méfie. Tout s'est bien passé. Il est dans la place.

Je sortis effectivement quelque temps après. Trois ans plus tard exactement. Durant ces années, je compris que Käthe ne prendrait pas le moindre risque, et qu'elle me sacrifierait sur l'autel de la crédibilité de cette opération. Je n'avais aucune raison d'être relâché avant les autres, si ce n'est éveiller d'inutiles soupçons. Je devais partager leur sort, quoi qu'il advînt.

Je pensais à Liz. Quand les militaires étaient arrivés au tunnel, je n'avais toujours pas fait mon choix. Ils avaient décidé pour moi. J'aurais dû m'engouffrer dans le boyau à la suite de Dietrich, mais je n'étais pas assez leste, et ma jambe trop raide, pour pouvoir fuir ainsi. Cela aurait pourtant arrangé les choses, j'aurais évité à Käthe l'ignominie de me garder ici. Peut-être, avec un peu de volonté, y serais-je quand même arrivé ? Ou me serais-je pris la balle. La vérité, c'était que je n'étais pas prêt, je n'avais toujours pas décidé. Et Dieu sait si elle m'attirait cette terre américaine, je la voyais avec netteté, comme si j'y avais déjà vécu.

Que faisait Liz ? S'était-elle enfin trouvé un mari ? Durant les premiers jours, je l'imaginai faisant mille démarches afin de me faire libérer, m'échanger peut-être, puis je compris qu'il fallait oublier cet espoir. Je me contentai de penser à elle, d'imaginer son ciel, ses jours, ses voyages. Parfois, mes rêves se faisaient clairs, rafraîchis de scènes nouvelles, je la savais alors dans ses terres du Massachusetts, il y avait des phares majestueux, d'une blancheur éclatante, qui s'imposaient au monde dans toute leur tranquillité, des landes douces qui s'arrêtaient brusquement au faîte des falaises. Liz n'apparaissait pas dans ces rêves, mais qu'importait, je savais qu'elle était là-bas, qu'elle allait à la mer dès qu'elle le pouvait, surtout par mauvais temps, quand elle admirait la côte se faire violenter.

Ces années furent consacrées à des interrogatoires et à la préparation de notre procès. Je n'ai pas grand-chose à en dire. Je crois que nous fûmes assez dignes. Et en face, nous n'avions pas les plus virulents des enquêteurs.

Puis le bruit courut qu'il n'y aurait pas de procès. Était-ce une manœuvre ? Pourquoi la RDA se priverait d'un message fort lancé à tous les candidats au départ ? Qu'allaient-ils faire de nous ? Ces questions occupèrent quelques veillées.

Un jour de décembre, nous fûmes rassemblés dans la cour, à grands coups de sifflet, et alignés en rang, presque au garde-à-vous. Cela ne nous dit rien de bon. Nos corps se raidirent immédiatement. Certains paniquèrent, c'était visible. Je murmurai à mon compagnon : « Bordel, enfin ! » Il se contenta de sourire, crispé par ce qui nous attendait. Un lieutenant-colonel arriva. Il mit un temps fou à s'éclaircir la gorge. Il y avait beaucoup de neige dans la cour, et nous n'entendîmes rien de ses premiers mots qui se perdirent dans l'air ouaté. Un de ses sous-fifres lui fit signe, et il haussa le ton, s'appliquant à mieux scander ses paroles. Il n'y aurait pas de procès. On allait nous ramener à Berlin, c'était fini.

Il nous fallut du temps pour nous en réjouir. Certains firent pendant toute la journée comme s'ils n'avaient rien entendu. Quand les bus furent sur le point de partir, personne n'était prêt. En trois ans, nous avions accumulé tant de bricoles. Beaucoup eurent du mal à les laisser, et les gardes s'impatientèrent. Notre départ prit l'allure d'une débâcle, nous ne savions pas où nous allions être déposés. La plupart avait encore de la famille où aller. D'autres se demandaient où ils logeraient. Nous fûmes débarqués pas très loin d'Alexanderplatz. On nous donna à chacun un petit billet, de quoi nous payer un bout de pain et le métro. Nous restâmes comme des idiots quand les deux bus repartirent avec leurs soldats. Nous étions restés ensemble depuis si longtemps. Des groupes se créèrent, un peu par quartiers. Et nous commençâmes à marcher, à regarder les autres gens dans la rue. Nous parlions bas, et étions contents de rester en meute, même si le groupe s'effilochait petit à petit. Il n'y eut aucune promesse, personne n'osa jurer qu'on allait se revoir. Il fallait d'abord gérer cette fichue nuit de retour à Berlin. Comprendre ce qui nous arrivait, nous remettre dans l'orbite du monde. Je fus un des derniers à quitter le groupe.

J'avais toujours la clé. Elle rentra facilement dans la serrure. L'appartement était resté comme je l'avais quitté. Il sentait le frais, et le ménage était fait. Il y avait une liasse de journaux posés sur la table. Le dernier était celui du jour. Quelques provisions m'attendaient. Tout engourdi, je me préparai un petit repas. La nuit fut piteuse. Je n'arrivai pas à dormir. Je sortis dans Berlin, mais je pris peur. J'eus l'impression d'être épié, alors je rentrai vite chez moi et restai assis près de la fenêtre à surveiller la rue, jusqu'à m'effondrer de fatigue au petit matin. Une heure après, Käthe était à ma porte. Elle avait changé. Elle avait le teint jaune.

— Ne me regarde pas comme cela ! Tu vas vraiment leur donner raison, me dit-elle.

Käthe me demanda une chaise. Elle me sourit, mais semblait pressée.

— Je suis malade. Ils ne m'accordent que quelques mois. Peut-être quelques semaines, le temps de passer le prochain congrès. Je suis en train de tout remballer, Gerd.

Elle ne cessait de me sourire, mais j'étais totalement figé. J'avais ressassé des jours entiers tout mon dégoût. Les vérités que je souhaitais lui asséner, sans importance désormais, et sa maladie n'y était pour rien. Je n'avais plus aucune rage.

Je ne lui posai aucune question sur le tunnel. C'est elle qui prétendit avoir été obligée d'envoyer la troupe, sa seule façon de rendre l'extraction des garçons crédible.

— Quitte à les tuer. Tu sais, n'est-ce pas, que ton officier a poussé le jeu jusqu'à leur tirer dessus ? lui dis-je, mais je regrettai aussitôt, tout ceci était tellement vain et achevé.

— Oui, il a bien fait. Au moins Dietrich est rentré sans question en République fédérale. Et il vit depuis sans être suspecté.

— Il aurait pu prendre la balle.

— Oui. Il n'y a rien à regretter, dit-elle sobrement.

Je la regardai. Je la détaillai sans égard. On voyait le travail de la maladie. Son corps de nouveau sec et amaigri, plein de raideurs. Son corps de guerre. Dehors, c'était le bruit de Berlin, le ferraillement du métro au loin, des sons que je n'avais pas entendus depuis trois ans. Je l'aimais toujours, c'était la chose la plus vraie du moment. J'aurais voulu le lui dire.

Elle me demanda :

— Tu es toujours furieux, n'est-ce pas ?

C'était la phrase la plus idiote qui fût. Qui m'aurait fait rire de bon cœur, si Käthe ne m'avait pas semblé si absente. Son regard parut soudainement damné. J'eus le sentiment de l'observer de déjà très loin, de l'autre côté du miroir. Si j'étais furieux ? À vrai dire je m'en moquais désormais. J'avais envie de m'emparer de son corps, le toucher enfin, pour en faire quoi, je n'en savais rien, des choses douces j'imagine, l'aider à revenir dans ce monde, mais il semblait si fragile, recroquevillé et interdit à la moindre caresse. Lui aussi s'estompait. Ce corps que je n'avais jamais su comprendre. Qui m'avait si souvent fait m'interroger. Rügen me revint à l'esprit, comme une dernière lumière. Je revis Käthe se délasser sur notre île. Je la regardai, amusé, amoureux aussi. Un film presque muet déjà, au rythme lent, onctueux, que je fus soulagé d'avoir encore en tête.

Nous observâmes un long silence. Je lui souris à mon tour. Il y avait tant à se remémorer. J'espérai qu'elle aussi les vît, ces souvenirs, qu'elle en eût encore la force. Je finis par lui demander :

— Te souviens-tu de Rügen ?

Elle acquiesça. Sans un mot. Dans une mimique gentille, terrible d'épuisement. Elle demanda ensuite :

— Tu viendras à mon enterrement ?

Elle se leva sans attendre ma réponse. Quand je lui demandai si c'était pour cela qu'elle nous avait fait sortir, elle murmura un « peut-être ». Elle rajouta simplement, au seuil de l'appartement :

— Je me suis bien occupée de toi. Tu n'as rien à craindre. Au contraire. Je leur ai tout expliqué. Ils connaissent ton sacrifice. Tu en seras largement remercié.

Elle m'embrassa. Je la laissai faire. Notre dernière rencontre.

Elle mourut un mois plus tard. Je fus invité à l'enterrement en compagnie des dignitaires. Tous me saluèrent chaleureusement. Il y avait des jeunes, de tous âges, j'imagine que c'étaient ceux de la Caserne. J'étais en civil. Käthe aurait mérité davantage d'effort, mais je n'avais pas eu la force de m'accoutrer. Je m'enfuis dès que je pus. Le soir, je me promenai vers la Spree, puis aux abords de la Caserne. À guetter des souvenirs qui ne venaient pas. Mais j'imaginai qu'elle en serait quand même heureuse.

Cinq années passèrent sans qu'il arrivât rien. Ma pension tombait chaque mois. Je conservais mon appartement, et je fus invité à quelques cérémonies de prestige. Je vieillissais très vite.

Durant ces années, je ne dépassai pas un périmètre de trois cents mètres autour de l'appartement. Ma jambe ne m'autorisait plus de longues promenades. J'en prenais soin de cette vieille combattante, je la gardais allongée dans des bains d'eau froide qui la calmaient. J'observais les larges plaques violacées, des pourpres, des carmins qui ne cessaient de s'enchevêtrer. Des couleurs neuves chaque jour, toujours plus compliquées, que j'avais acceptées. Quand ma jambe le permettait, ce n'était pas si souvent, je l'emmenais nous recueillir au bord de l'eau. J'attendais ces jours avec impatience. En revenant, on regardait le métro qui passait et qui ne s'arrêtait toujours pas à Berlin-Est. C'était difficile de distinguer les passagers, mais avec un peu d'habitude on y arrivait. Parfois, je croyais voir Liz ou Dietrich, mais je savais qu'il n'en était rien. J'attendais ces sorties avec impatience, et ne les aurais manquées pour rien au monde.

Tant de fois j'eus envie de rejoindre Liz, mais n'en eus jamais le courage. Je croyais à peine aux excuses que je m'inventais. La peur de griller la couverture de Dietrich. Ma jambe qui n'était plus très belle à voir. Les premiers temps, j'espérai sa visite, un courrier, il y avait forcément une raison à son silence. Puis j'appris à me contenter de son souvenir et de ses voyages en Amérique. Je restais dans ma terre, celle qui recouvrait Käthe.

Je pensais que ma vie allait se terminer sur ces cérémonials, mes quelques sorties en bord de Spree, la visite au tombeau de Käthe, quand Liz réapparut.

Elle n'avait pas changé et semblait en bonne forme, presque sept ans après notre dernière rencontre. Elle s'était remariée. Elle me le dit immédiatement comme pour éviter tout mauvais feuilleton. Puis elle poursuivit d'une voix un peu pleurnicheuse :

— J'aurais dû venir plus tôt. Mais je n'ai pas trouvé le courage.

Je ne pouvais que comprendre. C'était rassurant en un sens.

— Ne t'en fais pas, je vis moi aussi comme un sauvage depuis des années maintenant. Tu sais que Käthe est morte, n'est-ce pas ?

Évidemment qu'elle le savait. Elle savait même beaucoup plus. Elle n'avait jamais complètement abandonné le métier. Elle me tendit une pochette en papier kraft.

— Tiens, ce sont des photos qui te feront plaisir.

C'étaient des clichés pris sous un soleil magnifique, fortement orangé. Avec un ciel d'un bleu clair que je n'avais jamais vu. Dietrich avait blondi sous ce soleil.

Et bouclé. Il était beau, il avait pris des épaules, et portait un maillot comme en fabriquaient les Américains aux couleurs de l'université de Los Angeles.

— La femme, derrière, avec les cheveux courts, c'est Mareike, me glissa-t-elle après avoir attendu que j'aie bien pris tout mon soûl de la photo.

— Elle est malade ?

C'était une drôle de question, elle m'était venue spontanément.

— Oui. Elle l'a été. Mais va mieux depuis. D'ailleurs, sur la photo, elle avait déjà repris du poil de la bête. Je crois que c'est l'arrivée de son fils, à ses côtés, en Californie qui l'a guérie. Un vrai petit miracle, crois-moi.

Puis Liz enchaîna :

— Nous avons tout de suite su pour Dietrich. Qu'il n'était pas un évadé comme les autres malgré la belle légende que vous lui aviez construite. On a fait semblant d'y croire pendant un petit moment afin de voir si cela remuait autour de lui. Mais rien. Alors on l'a pris entre quatre yeux. Tu peux me remercier, je lui ai évité le pire.

— De quel pire parles-tu ? lui demandai-je.

— Du pire. De celui qui arrive quand mes amis n'ont pas envie de se fatiguer, me répondit-elle doucement.

Le visage de Liz était plus grave que dans mon souvenir. J'eus du mal à la reconnaître, et pourtant je fis tout pour cela. Cette visite n'allait pas s'éterniser, il fallait en profiter, mais ni ma carcasse ni ma tête ne répondaient. Je devais avoir l'air d'un sauvage. Je ne voyais quasiment plus personne depuis des années. Elle continua pourtant, comme si de rien n'était.

— Nous lui avons proposé un marché honnête. On lui fichait la paix s'il débarrassait le plancher.

— Ça et quelques menus services, j'imagine ? demandai-je, presque par réflexe.

— Non, rien de plus. Qu'il se contente de disparaître d'Allemagne. C'est à ce moment qu'on lui a soufflé l'idée de rejoindre sa mère en Californie. Il a vite accepté. Tout se finit bien.

Elle marqua un long silence avant de continuer, apaisée :

— Gerd, je vais moi aussi quitter Berlin demain. Je prends l'avion pour New York en fin d'après-midi.

Je fus saisi d'un grand vide. Même si nous ne nous voyions plus, j'aimais sentir Liz dans la même ville que moi. Nous vivions sous le même ciel. Nous partagions les mêmes nuages. Quand j'en voyais un beau, blanc, bien formé, je me disais qu'il lui était apparu quelques minutes plus tôt à peine, qu'elle le voyait sûrement encore. Mais j'eus envie, plus que tout, de me montrer beau joueur. Pour la remercier. Il y a tellement peu de moments dans une vie où on peut dire une chose juste, qui durera.

— Je te remercie d'être venue le dire à ton ange gardien. Pars en paix, Lizzie. Ton avion ne tombera pas, inutile d'attendre un jour de plus cette fois.

Elle me sourit, puis se leva et prit son manteau. Elle attendit mon aide pour s'en vêtir, comme elle l'avait toujours fait. Nous nous embrassâmes longtemps. Je lui dis que son mari avait de la chance, que Berlin serait toujours sa ville. Ou quelque chose comme cela, mais à quoi bon, elle partait déjà. Le lendemain, je scrutai le ciel pour apercevoir son avion, puis je repartis me poster en bas du métro aérien, là où ni elle ni mon fils ne repasseraient jamais, cette fois avec certitude.

Bien après, je reçus une lettre d'Amérique. Dietrich. Il me disait combien il était malheureux d'avoir failli à sa patrie. Il m'y disait des choses assez douces. Il me demandait de l'excuser. Il me disait aussi qu'il aurait aimé me connaître plus longtemps, et qu'il se souviendrait toujours des rencontres au lavoir. La lettre se terminait par des notes plus gaies, des expressions de son nouveau pays, des enthousiasmes d'un jeune de son temps.

Six mois après, j'appris que lui et Mareike avaient été emprisonnés pour fait d'espionnage à l'encontre des États-Unis.

Mareike s'était ainsi sacrifiée pour construire la première base. En me laissant croire qu'elle fuyait Käthe. En me demandant même d'organiser sa fuite. Elle s'était tenue tranquille pendant des années. Elle avait abondamment goûté au luxe américain, pourtant, un beau jour, sur une instruction qu'elle n'attendait plus, qu'elle espérait peut-être ne plus jamais recevoir, elle s'y était remise. Elle avait replongé dans ce cloaque, avait espionné ses amis d'hier. Toujours bien installée dans sa villa de banlieue, avec sa riche pelouse, mais occupée désormais à vendre sa terre d'accueil. Mareike avait su garder le ferment intact, le souvenir de sa mission, de son destin presque, qu'elle avait un jour scellé avec Käthe, dans mon dos.

Mon fils avait choisi un camp. Je préférais le savoir ainsi. Même emprisonné. Lui au moins avait su crever l'abcès.

Depuis trois ans, ma sœur que je n'avais pas vue depuis vingt ans s'est installée chez moi avec ses deux fils. J'aimerais dire qu'ils me rappellent Dietrich, mais ce n'est pas vrai. Ils ne sont pas très bien élevés. Et pas d'une grande intelligence.

J'ai, comme chaque soir depuis deux mois déjà, déposé sur mon chevet mes médailles. J'espère que mes neveux demain matin – vers onze heures, quand ils monteront voir le vieux, ces diables ne se lèvent pas tôt – seront assez consciencieux pour me les accrocher. Ma veste d'officier est sur son cintre. Je dors désormais avec une chemise blanche et mon pantalon d'uniforme d'apparat. Ce sera peu froissé demain matin, car je dors résigné, le dos calé, sans bouger. Je ne rêve plus. Mon sommeil est droit, ainsi ils n'auront pas à chercher je ne sais quelles autres frusques pour m'habiller. Il ne leur restera qu'à me ceindre de ma veste et d'y accrocher les médailles. Elles ne brillent plus à la lune depuis longtemps.

Du même auteur :

Ce qu'il faut de nuit, La Manufacture de livres, 2020

PAPIER À BASE DE FIBRES CERTIFIÉES

Le Livre de Poche s'engage pour l'environnement en réduisant l'empreinte carbone de ses livres. Celle de cet exemplaire est de :
150 g éq. CO_2
Rendez-vous sur
www.livredepoche-durable.fr

Composition réalisée par Lumina Datamatics, Inc.

Achevé d'imprimer en France par
CPI BRODARD & TAUPIN (72200 La Flèche)
en décembre 2022
N° d'impression : 3050423
Dépôt légal 1re publication : janvier 2023
LIBRAIRIE GÉNÉRALE FRANÇAISE
21, rue du Montparnasse – 75298 Paris Cedex 06

20/8352/9